ERSTER AKT

Ich sehe etwas, was du nicht siehst

Das Mondlicht schien durch den sternenklaren Nachthimmel, es warf seine Photonen in spendabler Verschwendungsmanier auf die Weiten der australischen Victoriawüste, Grillenzirpen erfüllte die karge Landschaft. Auf den ersten Blick beherbergte diese rund zweihunderfünfzig Kilometer südöstlich des Ayers-Rock gelegene Region nicht viel mehr als ein paar spärliche Gebüsche, und einige nachtaktive, auf Beutesuche ausgeschwärmte Geckos. Doch in diesem menschenleeren, einst für Nukleartests auserkorenen Niemandsland sollte in der Nacht vom 03.07. auf den 04.07.2033 ein ganz und gar exklusives, unterhaltungsindustrielles Spektakel abgehalten werden, das zu sehen wirklich nur für ein paar zehntausend auserwählte Augenpaare bestimmt war: Die dreihundert unfreiwilligen Teilnehmer eingerechnet...

Benommen riss ich meine Augen auf, denn in dieser Sekunde hatten 4000-Watt-Stadionlautsprecher begonnen, mir so unfassbar lauten Bigband-Jazz auf die Ohren zu zimmern, dass es mich aus der Narkose gerissen haben musste... völlig benebelt sah ich an mir herunter... und dann panisch seitwärts! Geknebelt und festgeschnallt auf einen Kinositz, dessen Lederriemen jeden Komfort vermissen ließen, bemerkte ich, dass mehrere hundert Leute mein Schicksal teilten. In einer Art Freiluftkino

2

befand sich vor unserer Tribüne eine gigantische Leinwand, bis auf das todesverängstigte Publikum, von dem jeder ein kleines Tablet auf dem Schoß liegen hatte, welches sich gerade in diesem Moment hochfuhr, war keine Menschenseele auszumachen. Irgendwoher kamen mir die Bläsermelodien des in so ohrenbetäubender Lautstärke gespielten Liedes bekannt vor…?

War das nicht „Fly me to the moon"…?

Der Reihe nach wurden riesige Scheinwerfer angeworfen, welche die groteske Szenerie in grelles Tageslicht tauchten.

> *Nr. 123.*<

Furchtbare Verzweiflung stieg in mir auf, als ich die mit goldenen Faden gestickte Teilnehmerzahl entzifferte, die auf meinem orangenen Overall und der Sessellehne prangte.

„Mmmmpffffff…!", war alles, was von meinem Impuls, laut aufzuschreien, nach außen transportiert werden konnte. Zu vollgestopft mit benutzten, schweißgebadeten Tennissocken und vollgepissten Unterhosen hatten sie unsere Münder. Das Atmen war auf diese Weise unerträglich schwer, und der Kotzreiz schier unaushaltbar. Ein Projektor am unteren Ende der Tribüne begann, die Leinwand anzustrahlen. Ein Bühnenbild erschien, dessen rote

Vorhänge in diesem Moment aufgingen, zur Schau gestellt darauf war nichts weiter als eine auf einem Schachbrettmuster tänzelnde, barock kostümierte Gestalt mit Hirschgeweih, die zu dem Bigband-Solo eine irre Stepptanzeinlage ablieferte. Schweißperlen tropften meine Stirn hinab. Diese völlige, den Hinterkopf aushöhlende Amnesie ließ mir keine Ruhe, ich hatte keinen blassen Schimmer, wie in drei Teufels Namen ich hierhergekommen war... die so furchterregend geschminkte Gestalt schnitt verzerrte Grimassen, machte verächtliche Gesten, und spottete dann in die Runde:

„Herzliiiiiiiiiiiiiich wiiiillkommen zuuuuuuuuu: „Drei mal darfst du raten!"! Die pompöse Spielshow, bei denen unsere hochverehrten Zuschauer*innen voll auf ihre Kosten kommen! Seien Sie gespannt, auf welch aufregende Art und Weise unsere Teilnehmer heute ihren Mut und ihre Intuition beweisen dürfen! Ein dreifaches Hipp-Hipp-Hurra für unsere ausgewählten Glückspilze!"

Simultan mit einem nervenzerfetzenden „Täterätää" bollerte eine am Fuße der Tribüne gelegene Konfettikanone eine riesige Ladung an benutzten Erwachsenenwindeln, Fäkalien und Schlachtabfällen in die Luft, die in einer übelriechenden Wolke Organe, Gedärme und Kot auf die Teilnehmer herabregnen ließ.

„So, ihr asozialen Scheißsubjekte! Seid auch ihr gegrüßt zuuuuuu unserer heutigen Ausgabe voooooon: „Ich seeeeeeeeeeeeeehe etwas, waaaaaaaaaaaaaaaaaaas du nicht siehst!" ...die Spielregeln sind selbsterklärend."

Ein wohl menschliches....(!?) Auge und eine vom ungesunden Lebensstil gezeichnete Fettleber angeekelt vom Schoß stoßend, blickte ich panisch hoch zu der nun viergeteilten Leinwand, auf der die gleichen vier leeren Felder zu sehen waren wie auf den nun rotbraun gesprenkelten Tabletbildschirmen: Vier Bilder erschienen. Ein Segelschiff in der tropischblauen Karibiksee, ein knallrotes Oldtimer-Feuerwehrlöschfahrzeug, ein grüner Fußballplatz, und eine typische, altenglische Londoner Telefonzelle.

„Aaaaaalso dann, los geht's!", warf die Stimme des so diabolisch dreinschauenden Moderators in die verängstigte Menschenmenge. „Ich sehe etwaaaaaaaaas... waaaaaaas duuuuu nicht siehst, und daaaaaaaaaaaaaaaas ist.... rot!"

„Zehn!"

Panik brach aus.

„Neun!"

Die Leute rissen ihre Köpfe hin und her, wussten

nicht, was zu tun war.

„Acht!"

Einige starrten auf die Leinwand, dann wieder auf den Bildschirm, den sie mit angstschweißnassen Händen festkrallten.

„Sieben!"

Spätestens jetzt begannen die ersten, dem Brechreiz nachzugeben.

„Sechs!"

Tränen trieb es in ihre hervorquellenden Augen, als das Erbrochene auf halbem Weg im Hals steckenblieb.

„Fünf!"

Panisch fixierte ich das Feuerwehrauto.

„Vier!"

Dann sah ich zur Telefonzelle.

„Dreeeeeeeei!"

Mein Blick striff wieder das knallrote Feuerwehrauto.

„Zweeeeeeei!"

Verzweifelt fiel mein Blick auf das Tablet und die 50-50- Chance, das richtige Bild zu wählen.

„Eeeeeeeeeins:"

„Null."

Padoooooooink.

Mit einem donnernden Beben schossen die Federmechaniken, welche für gewöhnlich nur in Schleudersitzen zum Einsatz kamen, ungefähr die Hälfte der Tribüne in die Luft. Ohne Kompromisse riss es meinen rechten Sitznachbarn und meine linke Sitznachbarin senkrecht in die Lüfte, wie viele andere wurden sie mit enormer Geschwindigkeit in die Luft katapultiert, mein Herz rutschte mir in die Hose, völlig perplex sprang mir die grüne Umrandung des Leinwandquadranten mit dem Löschfahrzeug ins Auge, ich reckte meinen Kopf zu den sich mittlerweile in einigen hundert Meter hoch befindenden, und sich überschlagenden Kinosesseln. Sie waren inzwischen zu Punkten geworden, die kleiner und kleiner wurden, dann begannen die ersten, sich der Gravitation beugend, wieder an Höhe zu verlieren, und wieder größer zu werden... oh nein, diese armen Menschen, oh Gott, die werden doch gleich alle sterben!? Moment, was zum...?

Synchron öffneten sich die Fallschirme. Mein Atem stockte. Mit gerunzelter Stirn blickten ich und ein etwas älterer Greis mit der Teilnehmerzahl >Nr. 074< uns an. Was zum...?! War man imstande, das hier zu überleben? Drohte doch nicht das Schicksal, nach dieser unfreiwilligen Himmelfahrt, auf dem sandigen Wüstenboden zu zerschellen? Es begann bereits, ein Gefühl der Erleichterung in meinen Adrenalincocktail zu sichern, doch dann:

Rotorengeräusche. Keine hundert Meter weiter wurde jede Menge Sand aufgewirbelt. Unfassbar! Die Polizei war endlich hier? Aber wie kamen die denn so schnell hier in das absolute Nirgendwo?

Moment mal, das ist nicht die...; - ein silbern glänzender Privathelikopter erschien hinter einer Sanddüne, mit viel Lärm erhob er sich aus der Landschaft, und stieg empor in Richtung Nachthimmel!

Was zum Geier wird hier gespielt? Das Flugobjekt näherte sich der in der Luft hin und her schaukelnden Gruppe, die wie eine Luftlandedivision aus Fallschirmjägern durch die kalte Nacht hinabsegelten. Als der Helikopter auf ihrer Höhe angelangt war, flog er ein riskantes Manöver, und verharrte nun in der Luft, dabei das Knäuel von durch die Wolkendecke brechenden Leuten dort hoch oben flankierend: Ich meinte unscharf zu erkennen, wie auf der einen Seite des Helikopters eine Schiebetür aufging… und dann:

Rattattattattattatt! Rattattatt! Rattattattattatt!

Plötzlich bellte ein Maschinengewehr los, Leuchtspurgeschosse sausten durch die Nacht, zersiebten Fallschirme, Kinosessel und Menschen! Todesangst war unter uns im Publikum ausgebrochen!

Rattattattattattattatt! Rattattattatt! Rattattatt!

Unter den unerbittlichen MG-Salven, die durch die kalte Nachtluft bollerten, begannen die ersten Kinosessel rapide an Höhe zu verlieren. Immer weiter beschleunigten sie sich, und doch war es, als würde ich sie in Zeitlupe aufschlagen sehen, jeder dumpfe Widerhall, der durch die schneidend kalte Luft zu uns herüberdrang, war wie ein Schlag in die Magengrube, wie ein Tritt unter die Gürtellinie für den durchtrennten moralischen Leitfaden im Brustkorb, der alle Werte der Menschlichkeit in dieser Sekunde als für immer abgeschafft und begraben vor sich sah…

Rattattattattatt! Rattattattattattatt! Rattattattatt!

Schließlich schloss ich die Augen vor dem Grauen. Die Maschinengewehrsalven waren grade abgeklungen, als ein Kinosessel mit Insassen keine zehn Meter vor mir klatschend anderthalb Leute zermalmte.

„Selbsterklärende Spielregeln! Meine Damen und Herren, was für eine erste Runde!"

Der Moderator fuhr fort:

„Das Regelwerk scheinen SIE ja zumindest alle verstanden zu haben! Aber auch Sie, unsere hochverehrten Zuschauer*innen, welche grade erst zugeschaltet haben, sollten nun ausreichend im Bilde sein, wie der Hase läuft, damit ihnen auch nichts durch die Lappen geht, haha! Nach diesem kleinen Eingangstest, mit dem man die Spreu schon ein wenig vom Weizen zu trennen vermochte, auf zur nächsten Frage, wieder haben alle zehn Sekunden Zeit, ihren Tipp abzugeben!"

Meinen nun ausgehöhlten, leeren Blick von der Leinwand abwendend, hinunter zu uns Verdammten, welche hier schluchzend, würgend, heulend und strampelnd die Leinwand fixierten, fand ich mich merkwürdigerweise mit dem Tod ab. Zu weit weg und zu entfernt kam mir die Situation vor, das konnte doch nur wieder einer meiner Alpträume sein! Bitte sage mir, sonst so verabscheuter Wecker, dass dies nur so lange währte, bis Smartphone-Gedüdel mich aus diesem Alptraum reißen würde!

„Ich sehe etwas, was du nicht siehst, und das ist

gelb. Ha!"

Oben links in einer Obstschale eine nett drapierte Bananenstaude. Rechts daneben war ein rotes, schimmerndes Krustentier in einem Aquarium abgebildet, darunter folgten ein gelbes Postauto und zu guter Letzt: ... eine Zitrone? Na toll!

„Zehn!"

Keine Zeit mehr, den Schock zu verdauen!

„Neun!"

Verdammt! Mit drei gelben Objekten...

„Acht!"

...würde es um einiges schwieriger sein;

„Sieben!"
... für das richtige Bild zu stimmen!

„Sechs!"

Das Postauto? Gab es ein Muster?

„Fünf!"

Direkt vor mir schien sich jemand vertippt zu haben. Das Bild mit dem roten Hummer blinkte nämlich...

panisch versuchte er, stattdessen das Tablet seiner Sitznachbarin an sich zu reißen.

„Vier!"

Sie hatte sich für die Bananen entschieden, und wollte sich diese 1/3-Chance, zu überleben, nicht streitig machen lassen.

„Dreeeeeeeei!"

Eine Sekunde noch sah ich dem umherwirbelnden Armen zu.

„Zweeeeeeeeiiiiiiii!"

Auf ihre Wahl vertrauend, wählte ich ebenfalls die Bananen.

„Eeeeeeeeins!"

Als der Mann das Tablet nicht zu fassen bekam, krallte er sich an ihrem Arm fest…

„Null!"

Padooooooooink!

Es kugelte ihr den Arm aus, als es noch einmal rund zwei Drittel der Tribüne in die Luft katapultierte.

Auch wenn man nun drauf eingestellt war, und wusste, was passieren würde, sahen diejenigen, die das große Glück gehabt hatten, sich nicht für das Postauto oder die Zitrone entschieden zu haben, zitternd und angsterfüllt nach. Was musste wohl in deren Köpfen los sein, mit knapp 100 Km/h an dem in der Luft kreisenden Helikopter vorbei zu sausen, im Wissen, was sie erwarten würde? Dass sie im nächsten Moment in Todesangst hinabsegeln würden, bevor großkalibrige Munition sie ohne Kompromisse in Stücke reißen würde? Sie verloren wieder an Höhe. Schnell sogar. Sehr schnell sogar. Jeden Moment müssten die Fallschirme auslösen. Sie taten... sie taten es doch sicher gleich, oder...?

Oh mein Gott! Egal, ob es ein fest definiertes Kalkül war, oder ein technischer Defekt, nach diesem Raketenstart und dem anschließenden Fall wurde den hier dargebrachten Menschenopfern kein Aufschub für ihr Todesurteil gewährt. Wie in die Luft geschossene Fußbälle hatten sie in der Luft für eine Millisekunde verharrt, um sich dann der Erdanziehung zu beugen, und sich dann gen Boden zu bewegen. Nur durch pures Glück überlegte ich einen der drei Einschläge in die Zuschauertribüne: Blut spritzte meterweit, alles Hände vors Gesicht halten nützte nichts. Der ganze Rest der in dieser Runde disqualifizierten Subjekte zerklatschte auf dem Wüstenboden des näheren Umkreises.

„Meine hochverehrten Zuschauer*innen! Ich

muss bei Ihnen für diese kleine Panne entschuldigen! Selbstverständlich werden sämtliche Wetteinsätze von der Diamond-Foundation-Unternehmensgruppe zurück erstattet! Wenigstens... haben sie diesmal die Leinwand heil gelassen, was? Außerdem, steigert das nicht den Hauptgewinn um satte dreißig Prozent!? Also, meine lieben Zuschauer an den Geräten und den Damen und Herren in der ViP-Lounge! Sie haben jetzt noch einmal zwanzig Sekunden Zeit, für ihren Finalisten zu stimmen. Derweil, sie hatten abgestimmt, zeigen wir nun, den geeeeeeestrigen ... Kiiiiiiill ooooooooof the... Daaaaaaay!"

Hektische, von einer Go-Pro bescherte Eindrücke liefen über die Leinwand. Die gleiche Situation, auf Kinosesseln festgeschnallte arme Teufel, die Augen weit aufgerissen die Leinwand fixierend, auch die durch den geknebelten Mund nur gedämpft-artikulierten Schreie waren deckungsgleich mit jenen der Leute, die ihrerseits hier auf der echten Tribüne mit aufgerissenen Augen saßen. Man sah gerade noch, wie die zitternde Hand sich für ein Bild mit einem Rhododendronbusch entschied statt für eine grüne Bowlingkugel, als der Kopf des Go-Pro-Trägers unsanft mit voller Wucht auf seinem Knie aufschlug. Kurz war das Bild schwarz, als es nach einigen Sekunden wieder extrem verpixelt zu sehen war, konnte man einen Moment lang nur heftiges Gewirbel und ein mehrmaliges Überschlagen des

Kinosessels samt Insassen sehen, und wie sein bewusstloser Schädel kullernd hin und her wirbelte. Plötzlich stabilisierte sich das Bild, die Wolken, an denen die Szenerie gerade eben noch vorbeigeschossen war, wurden zu einem kurzen Standbild, bevor der bewusstlose Mann zu sinken begann. Langsam kam er wieder zu sich, nur um dann den silbern glänzenden Privathelikopter vor seiner Nase zu sehen. Er blickte direkt in den Lauf des schweren Kaliber - 50 - Maschinengewehrs.

„Mmmmmpf! Mmmmmmmmmpf!!!", wimmerte der Todeskandidat zwecksloserweise.

Irgendein Bediensteter lud einen Patronengurt in das Gehäuse, klappte eine Lade zu, schob einen Riegel vor und zurück, trat einen Schritt zurück, und nickte bereitwillig in den Innenraum. Sein Zurückweichen offenbarte befremdliches Geschehen innerhalb des Flugobjekts: Drei oder vier halb bekleidete Herren saßen darin, einer wurde von einer offensichtlich transsexuellen Person oral befriedigt, er streichelte ihm/ihr erst durch den Vollbart und dann begrabschte er seine/ihre riesigen Brustimplantate. Alle anderen hatten ihre Hand in der Unterhose oder an dem Körper *der oder des Prostituierten* und betrachteten gespannt und lüstern die in der Luft herabsegelnden, zur Zielscheibe erklärten Spielteilnehmer, bis schließlich der Einzige, der komplett entkleidet war, aufstand und mit seinem erregten Glied auf das MG zu stolperte. Es war ein leicht fettleibiger, nur ca. 1,50 cm großer Mann mit Halbglatze, nuttig geschminktem Gesicht voller verschmierten Lipgloss, ellenlangen Wimpern, der wohl sündhaft teure Klunker als Ohrringe trug. An seinen Brustwarzen waren Elektroden festgeklemmt. Darüber hinaus schien dieser Mensch auch ungeheuer berauscht zu sein, denn seine enorm geweiteten Pupillen bewiesen das genauso wie sein schnalzender, mahlender Kiefer. Kokain, Ecstasy, LSD und diverse Designerdrogen kennzeichneten diesen wohl privilegierteren Zuschauer als schwerreichen Polytoxikomanen, jemand, der sich mit seinen Milliarden jegliche noch so ausgefallenen Genüsse erkaufen konnte, Gelüste, die über private Luxusjachten mit zum Inventar gehörenden Sexarbeiterinnen weit hinausgingen, Dinge, die sich der größte Teil der Bevölkerungen weder träumen noch überhaupt vorstellen konnte: Wie zum Beispiel hier, mit aus der Gesellschaft ausrangierten Vogelfreien zu tun und zu lassen was er wollte, beispielsweise in einem geschmacklosen Gewinnspiel für Superreiche, bei denen den Teilnehmern der Tod zufallsbasiert winkte, und auf die man wie auf Rennpferde Geld setzen konnte:

Rattattattattattattattatt! Rattattattattattattatt!

Das nun blutrot befleckte Go-Pro-Objektiv verzeichnete nun einen steilen Sinkflug, der Mann schien mit voller Wucht gegen ein anderes Flugobjekt zu prallen, sich mit seinen Leinen zu verheddern und stark zu drehen, die Arme flatterten regungslos der Rotationskraft nach, der umherschlagende, blutige Schädel fing einige Eindrücke des armen Kerls ein, dessen Sessel von dem Abgeschossenen getroffen wurde, der schwer verletzt ächzend sich an Sessellehne krallend dazu verdammt war, seinem ihm nach unten ziehenden Gewicht nachzusehen. Im pfeifenden Fallwind verloren sie immer weiter an Höhe, bis schließlich mit einem unsanften Rumsen das Bild schwarz wurde. Eine Nahaufnahme des zwinkernden, die Zunge herausstreckenden Moderatoren erschien: Der blanke Wahnsinn blitzte in seinen Augen, die aus seinen bizarren, von einer dicken Kosmetikschicht überzogenen Gesichtspartien hervor luscherten:

„Liebe Teilnehmenden, machen Sie sich bereit für die leeeeeeetzte Runde...: Ich seeeeeeeeeeeeeeeeeeeeeeeeeeeehe etwas, das du nicht siehst, und daaaaaaaaaaaaaaaas iiiiiiiiiiiiiist grüüüüüüüüün!"

Nun war die Leinwand nur noch zweigeteilt, zur Linken sah man einen Teller mit leckeren roten Erdbeeren mit Sprühsahne, zur Rechten einen Teller mit einem saftig grünen Apfel darauf:

„Zehn!"

Klare Sache!

„Neun!"

Aua! Stechender Schmerz!

„Acht!"

Fuhr ich auch nur in die Nähe des Apfels, um mit meinen Fingern den Tipp abzugeben, versetzten mir Elektroden an meiner Schläfe schmerzhafte Stromschläge.

„Sieben!"

Den anderen erging es genauso, sie zuckten zusammen, als es ihnen die Birne verbrutzelte bei dem Versuch, die einzig richtige Lösung zu wählen.

„Sechs!"

Ich versuchte es nochmal, mit aller Härte; - und verlor fast das Bewusstsein...!

„Fünf!"

Oh Gott, ich habe doch nur diese eine Chance!

„Vier!"

Fast gab ich dem Drang nach, mich zu übergeben...

„Dreeeeeeeei!"

Schnell, sonst....!?

„Zweeeeeeei!"

Autsch, auauauauauaaaaahh! Aua!!! Arrrrrrgg...!

„Eeeeeeeeins!"

VERDAMMT, NOCHMAL,
AAAAAAAAAAARGH
AAAAAAAAAHHHHH!!!!!

„Null!"

PADOOOOOOOOOOOOOOOINK!

Voll auf die Zwölf! Im Innern meiner geknebelten Fresse schmeckte es nun blutig. Ein Überschlagen jagte das nächste, mein Schädel kullerte hin und her, machtlos umher geschleudert behielt ich bei den heulendem Flugwind die Augen angestrengt geschlossen, bis ich wieder an Höhe zu verlieren begann. Mit einem peitschenden Geräusch löste der Fallschirm aus. Mein blutverschmiertes Haupt erst dem Helikopter zuwendend, dann dem übrigen Publikum, dass vor der Leinwand saß, und unter aufsteigenden Luftballons und Konfettiregen verkündete die Leinwand einen riesigen leuchtenden Schriftzug mit den Worten:

>>HERZLICHEN GLÜCKWUNSCH!<<
GEWINNER*IN DER HEUTIGEN SPIELRUNDE IST
SPIELTEILNEHMER*IN NUMMER 123!

Das muss doch eindeutig ein Fehler sein... sollte ich wirklich der einzige gewesen sein, der es geschafft hatte, zu drücken!? Aber ich... musste ich ... jetzt sterben? Der Helikopter kam näher geflogen, plötzlich war ich von mehreren Kameradrohnen umschwärmt, und konnte unscharf erkennen, dass man niemand anderen als meine Wenigkeit auf der Leinwand sehen konnte! Wenigstens schien das Browning-MG unbemannt, im Inneren des vor meiner Nase schwebenden Helis fanden auch heute wieder Obszönitäten statt. Ging es mir jetzt an den Kragen?

Ich sank immer weiter Richtung Boden, immer weiter Richtung Bühnenbild, vereinzelt schwebten schon Luftballons an mir vorbei. Nun waren es ungefähr noch zweihundert Meter, und ich sah, wie mehrere kleine Männchen auf die Tribüne zugingen, den Weg zu den verschiedenen Treppen nahmen, und als ich etwa hundertfünfzig Meter über dem ganzen Spektakel segelte, bemerkte ich, wie sie die Reihen der Teilnehmer erklommen. Als mein Fallschirm mich immer weiter gen Erdboden beförderte, erkannte ich mit Entsetzen, dass die Gestalten rote Umhänge und goldene Kronen trugen, und dass jeder etwas in den Händen bereithielt. Die Tribüne wurde mittlerweile von einem Projektor mit einem Pentagramm bestrahlt. Inmitten des Gewusels konnte man die Gestalt des Spielmoderators ausmachen, die feierliche Gesten nach oben in den Himmel machte, sich verbeugte und dann mit seiner Streitaxt ausholte; - was folgte, war die Enthauptung eines Spielteilnehmers. Er verbeugte sich ein zweites Mal, hob seinen Kopf auf, und zeigte ihn in die Runde, und eröffnete mit einer feierlich-ausladenden Bewegung, dass das Abschlachten nun beginnen konnte. Die um ihn herum Versammelten, deren Umhänge im Wüstenwind flatterten, hatten jede erdenkliche Art von Werkzeug oder Haushaltsgegenstand mitgebracht, alles von der Bohrmaschine über die Flex bis zur Kreissäge, und alles vom Fleischerhammer bis zum tragbaren, elektrisch betriebenen Bügeleisen...

Dann verlor ich das Bewusstsein.

„Vielleicht der weiße Sonnenschirm am Kiosk dort?", fragte Leonie so zielsicher und süß, wie sie nur konnte.

„Ach verdammt, das war zu einfach!", gestand ich ein.

„Okay, hihi, ich bin dran...! Ähm, ich seh etwas... was du nicht siehst, und das ist ...hmmm... auch weiß! Hihi!"

Ich entgegnete ihrem frechen, herausfordernden Blick:

„Na dann bin ich jetzt aber mal gespannt! Vielleicht die Badehose von dem alten Knacker dort auf drei Uhr?"

„Igitt, nein! Was denkst du denn, wo ich hinschaue! Also! Wirklich! Nein! Es ist nicht im näheren Umkreis, kleiner Tipp."

Nicht im näheren Umkreis, hmmm. Ich sah auf, weg von der Szenerie in die Ferne, weg von dem belebten Strand an einem warmen Augusttag, dessen Klang ausgefüllt war vom Rauschen des Wellengangs, Kindergelächter, Möwengekreische und Volleyballaufschlägen. Ein Nachmittag, der nach Sonnencreme roch.

„Ha, so einfach! Du meinst wohl die Wolken!",

wollte ich wissen.

„Nope!", erwiderte sie mit diesem verspielten Grinsen, dass ich so sehr an ihr liebte. Sie wippte auf den Füßen hin und her, und spornte mich an: „Sieh dich doch nochmal um!"

„Das Handtuch gleich hier vorne?", lallte ich verträumt.

„Nein! Ich meinte doch, nicht im näheren Umfeld!"

„Öhm, der Volleyball da vorn?"

„Äh-Äh, auch nicht, das ist doch genauso viel zu nah dran! Sieh in die Ferne!" Mit meinem nach vier Bierdosen in der Sonne nur noch auf Sparflamme glimmenden Verstand musste man es fair spielen, dafür war ich dankbar...

„Na großartig! Ist es eins der Segelschiffe?"

„Neiiiiiiiiiiiiiin!", stieß sie händeklatschend aus, und gluckste.

„Ist es die LKW-Fähre... oder das Containerschiff? Jetzt sag schon!", drängelte ich weiter.

„Es ist keins von den Schiffen! Aber beim Wasser liegst du gar nicht so verkehrt!"

Beim Wasser, beim Wasser... hmmm...

„Die... diese Rettungsbojen, die den Nichtschwimmerbereich abgrenzen?"

„Neheeee, leider auch nicht! Hihi!"

„Du stellst immer so gemeine!", warf ich gespielt beleidigt ein.

„Und du immer solche Pipifax-Aufgaben!", meinte sie belustigt. Ich grinste, und sie gab mir lächelnd einen dicken Schmatzer auf die Wange. Unbezahlbares Glück wurde da durch meine Gesichtshaut absorbiert und die Schmetterlinge schlugen Tornados im Bauch.

„Häh, warte mal, also meinst du.... du redest vom... hier, wie heißt der Schizzl gleich noch mal, ähm.... warte, warte: Das Dings, hier, der Schaum von, von... von den Wellen, die...;"

„... die Gischt, japp!", gab sie lächelnd zu.

Juhuuu, Dopamin, bling, bling! Triumph!

„Hah, da haste dir aber nen' sehr flüchtigen Gegenstand ausgesucht, den Schaum auf den Wellenkronen, hmmm... nicht schlecht!"

„Im Grunde ist die Gischt ja eher etwas gar nicht

sooo Flüchtiges, weil sie ja eigentlich zu jeder Zeit da ist, irgendwo auf dem Ozean. Ein ewiges Kontinuum.", philosophierte sie mit leuchtenden Augen. „Du bist dran!"

Mein Hirn ratterte. Irgendwie wollte ich ihr eine genauso schwierige, wenn nicht sogar schwierigere stellen, fast unlösbar musste sie sein, haha! Dann kam mir eine Idee. Eine echt bescheuerte und unfaire Idee…

„Ick seh da wat, wat du nech siehst, und dat is... braun!"

„Aaaha.", wisperte sie und betrachtete mit zusammengekniffenen Augenbrauen dieses quicklebendige, tausendfarbige Wimmelbild vor unseren Augen. Sie deutete unauffällig auf eine Passanten-Gruppe und sagte leise:

„Das Schokoladeneis des Kindes dort?"

„Guter Tipp, aber nein!"

„Der Geländewagen auf dem Parkplatz?"

„Nönööö."

„Alles klar, die Türen der öffentlichen Toiletten. Du musst doch so oft Lulu."

„Auch nicht, haha!"

„Die Erdhügel bei den Dünen?"

„Neheeeee!"

„Du meinst den Hund dort bei der Schaukel?"

„Auch verkehrt!"

„Tja also dann… öh…;" So langsam gingen ihr die Tipps aus. „Hmmm, vielleicht das Badehandtuch?"

„Auch nicht! Willst du wissen, was!? Tja, Pustekuchen! Eins kann ich dir versprechen, hoch und heilig: Da kommst du nie drauf! Wollen wir wetten!?"

„Äh... um was denn wetten?", fragte sie irritiert.

„Naja... du weißt schon!", wisperte ich lüstern mit hochgezogenen Augenbrauen...

„Das kannst du dir abschminken!", antwortete sie lachend. „Nachher verarscht du mich, und es gibt das Objekt gar nicht in Wirklichkeit!"

„Okay, wie wäre es dann mit einer Kugel Eis?!", lenkte ich ein, und legte für mich selber fest, das zu benennende Objekt garantiert nicht von ihren Tipps abhängig zu machen, und so den Ausgang der Runde anzupassen. Daran hatte ich noch gar nicht gedacht... Die schlaue Maus mal wieder!

„Alles klar!", jauchzte sie. „Eine Kugel Eis, auf deine Kosten! Und zwar... weil der Rucksack der Frau hier vorne hellbraun ist!!"

Sie sprang triumphierend hoch und deutete zur Seite. Von ihrer Lieblichkeit entzückt meinte ich leise:

„Auch nicht... willst du einen kleinen Tipp? Es ist nur... in deiner Vorstellungskraft!"

„Was soll das denn heißen?"

„Dass du um die Ecke denken musst, um die Farbe zu sehen!"

„Seit wann wird das denn so gespielt?", fragte Leo irritiert. „Ist es denn nun einer der Gegenstände, die man hier sehen kann?"

„Streng genommen besteht der Farbton nur ... hypothetisch."

„Häh, lass den Quatsch, wie meinst du das, nur hypothetisch?"

Ich freute mich, dass mein Gegenstand diesmal so schwer zu erraten war. Es war aber auch ziemlich, ziemlich gemein, ehrlich gesagt bin war in der

Schwierigkeitsstufe übers Ziel hinausgeschossen.

„Du musst abstrahieren, zwei Sachen ergänzen, um meine Farbe zu sehen! Keiner der hier sichtbaren Dinge ist wirklich braun...; - es ist an dir, zu rekombinieren, mehr verrate ich nicht."

„Zwei Sachen... häh, wie!? Bei dir piept es wohl! Ne, wenn du es nötig hast, derart unfair zu spielen, gebe ich auf!"

„HA! ICH WUSSTE, DASS ICH DICH BESIEGEN KANN!" Schelmisch und schäbig grinsend glotzte ich sie an. „Willst du gar nicht wissen, was es ist!?"

„Was meinst du denn?", fragte sie augenrollend.

„Da! Das Rentnerpaar! Ihre Jacken! Zusammengenommen!"

„Wie jetzt? Zusammengenommen? Häh?!"

„Na dort! Beide zusammen! Sie hat einen roten Anorak, und er eine grüne Seglerweste! Wenn man beide Farben vermischt, rot und grün, kommt braun raus!"

Sie stampfte mit den Füßen!

„Das war unfair und gegen die Regeln! Woher soll

ich denn wissen, dass der Gegenstand in braun nirgendwo zu sehen ist, und deine Farbe... nur hypothetisch und allein in deiner kaputt gekifften Birne existiert"

„Weil ich dir zuletzt ja schon... einen kleinen Tipp gegeben habe!", lallte ich siegestrunken. „Komm wir gehen uns anstellen, mjam, mjam... lecker Eis!"

„Du bist echt ein Idiot manchmal!", lachte sie kopfschüttelnd.

Wir registrierten mit unseren Smartphones den QR-Code, und gesellten uns in die Warteschlange. Sie sah mich an und sprach herausfordernd:

„Mach dich nur auf die nächste Runde gefasst!"

„Kann es kaum erwarten!", stimmte ich verliebt zu. Ihr in die wunderschönen meerblauen Augen sehend, legte ich meine Arme um sie, schnupperte genießerisch ihren Duft nach Meerwasser und Sonnencreme, und bemerkte entschlossen:

„Und wie wäre es, wenn wir danach... also nur hypothetisch... um den eingangs nicht näher definierten Wetteinsatz spielen, du weißt schon... und dann suchst du dir etwas aus, was ich gar nicht wissen kann?"

„Awwwr...", flüsterte sie und errötete. „Gut. Aber zuerst... wird das Eis geschleckt...!"

Wir hielten uns an der Hand und rückten weiter in der Schlange vor. Wenn doch dieser Moment nur ewig wären könnte...

„Weißt du, es ist ja wirklich so...", faselte ich..., „... dass *rot gemischt mit grün...: braun ergibt.* Auch politisch, weißt du, unsere Regierungskoalition..."

„Ach komm schon! Nicht schon wieder deine...;", unterbrach sie den grade aus mir hervorbrechenden

Schwall an konspirativem Geschwurbel, mit dem ich unsere Gespräche zunehmend thematisch verseuchte.

„Nein, sag es nicht! Nicht wieder dieses Wort! Das ist...;", fuhr ich ihr ins Wort.

„Verschwörungstheorien? Wir hatten das doch schon!"

Getriggert legte ich erst so richtig los:

„Ähm, du weißt doch wohl aber sicher schon, dass der Begriff „Verschwörungstheorie" seinerzeit in den Fünfzigerjahren vom US-amerikanischen Geheimdienst, der CIA, eingeführt wurde?! Und dass, nur um Andersdenkende zu diffamieren und auszugrenzen? Weißt du nicht, was das für ein „Framing" ist? Da wird an hochgeheimen Psy-Ops und False-Flags... und so weiter gearbeitet, Stichwort „gesteuerte Opposition"...? Wer solch einen Begriff benutzt, sollte sich bewusst machen, dass er oder sie sich damit auf ein technisch-informationskriegerisches Schlachtfeld begibt, dass... eindeutig vom... FEIND beherrscht wird!"

„Du hast doch dafür gar keine Quellen, stellst einfach nur Behauptungen auf! Außerdem, du Depp, sollte man nicht auch vorsichtig sein, was man öffentlich in Hörweite anderer Menschen irgendeinem US-amerikanischen „Geheimdienst" oder so vorwirft...schließlich... sind wir hier im

Westen einfach die Guten!", lächelte sie gekünstelt und mit rot angelaufenen Wangen ängstlich in ihre Handykamera, um irgendwie ihre Punkte zu retten. Dann sah sie mich streng an, steckte ihr Handy weg und guckte vorwurfsvoll. Upps, ich hatte es schon wieder getan. Wir hatten vereinbart, nicht draußen und mit dem Handy an, und schon gar nicht in einem registrierten Bereich, wo jedes Wort kritisch bemessen und bewertet wurde! Fast hatte ich mich an diesem schönen Tag wieder in der schönen alten Welt gewähnt... da ist es mir dann rausgerutscht.

„Was hätten Sie denn gerne, schöne Frau?", fragte der muskulöse und braun gebrannte Surferboy hinter der Theke meine Freundin. Sie musterte kurz seinen Bodybuilder-Brustkorb, schielte verstohlen auf seine Schürze, und wählte dann:

„Hmmm, ja doch, heute nehme ich mal... Karamellgeschmack."

„Drei-fuffzich macht das für Sie, junge Frau.", sagte er zwinkernd und schob sich eine Strähne seines schulterlangen Haares aus dem Gesicht. Sie tippten ihre Google-Phones aneinander, und die Transaktion war vollendet. Wie schön, dass die beiden jetzt die Nummer des anderen haben. Toller Gedanke, dass sie Lust auf Karamell hat...

„Ich hätt gerne n' Heidelbeereis!", warf ich in einem beleidigten, leicht eifersüchtigen Tonfall ein.

„Wie, wa? Was? Wir haben hier keine... was für eine Beere!?"

„Heidelbeere, mein ich!"

„Preiselbeere!? Diggah, Back-Camenbert oder so was ist verkaufen wir hier leider nicht! Bruder, das ist hier ne' Eisdiele."

Sein Ernst? Der kleine Scheißer kannte den Ausdruck „Heidelbeere" nicht mehr, aber bestimmt vierzigtausend verschiedene Geschlechterpronomen oder was!?

„*HEIDELBEERE!*", schrie ich fast, so dass einige Leute erschreckt aufsahen, und sofort ihr Telefon zückten bei meinem Ausraster. Ich deutete geschlagen auf das blaue Eisfach und resignierte:

„Da! Das! Oder halt Blaubeere, wie es da steht, man, meine Fresse, ey...!"

„Achsooo, Blaubeere, alles klar, diggi. Na, sag dass doch gleich. Für Sie... macht das, Moment, läd noch...; ... das macht: 3,80 Euro."

„Waaaaaaas!? Aber das kann doch gar nicht sein!"

Geschockt sah ich in Leonies vorwurfsvolle Augen.

„Das Gerät sagt es aber, mein Freund.", versuchte er

leise zu sagen, trotzdem seine Kollegin schäbig grinste, und hielt mir den Bildschirm mitleidig hin. Mit einem riesigen Schock sah ich, dass mein Profil gelb geworden war. Als wir uns in den Bereich der Eisdiele eingeloggt hatten, da war es noch grün gewesen. Beschämt hielt ich mein Smartphone an seines, es piepte wieder, und murrte:

„Alles klar, vielen Dank! Einen schönen Tag noch...“

Wir gingen wieder zu unserem Strandkorb. Immer wieder sah sie zu mir herüber, dann platzte es aus ihr heraus:

„Na los, sieh schon nach!“

Ich guckte traurig von ihren Augen auf mein Heidelbeereis, dass nun überhaupt nicht mehr schmeckte, und nuschelte:

„Sorry Leo, das wollte ich nicht!“

Auf dem Bildschirm waren zwei Vermerke unter einer blinkenden Alarmglocke. Ungutes ahnend, tippte ich darauf, und sah zwei brandneue Einträge auf der Benutzeroberfläche des Programms, ohne dass heutzutage kein Telefon mehr auskam. Dort stand ganz unten in einer Art Taskleiste mein aktuelles Punktekonto, und zwei Abbuchungen, die künstliche Intelligenz hatte es wohl mittlerweile in Echtzeit drauf, die denunziatorischen Hinweise

meiner so heißgeliebten, transhumanistisch mit in
den Überwachungsstaat eingebundenen
Mitmenschen zu verrechnen:

----------------------------{ **(-30)** }----------------------------
/ Samstag, der 02.08.2032 \
/ 14:28 Uhr \
Strandpromenade, 23669 Timmendorfer Strand
(Breitengrad): 54.0009238228243
(Längengrad): 10.781628946921188
{ *Verbreiten konspirationstheoretischer Inhalte* }
(Meinungsdelikt)

----------------------------{ **(-30)** }----------------------------
/ Samstag, der 02.08.2032 \
/ 14:29 Uhr \
Strandpromenade, 23669 Timmendorfer Strand
(Breitengrad): 53.995579773837655
(Längengrad): 10.790360334262651
{ *(Öffentliches Ausrasten)* }
(Behavioraldelikt)

/ Samstag, der 02.08.2032 \
/ 14:30 Uhr \
Strandpromenade, 23669 Timmendorfer Strand
(Breitengrad): 53.99511029671242
(Längengrad): 10.791676022766158
{(Aktueller Punktestand)} {(**992**)}
Instantan rechtskräftige Auswirkungen für:
Leon Grabowski 02.08.2014
wohnhaft in:
Oldenfelder Straße 73
22143 Hamburg Rahlstedt
Gesetzlicher Krankenversicherungsbeitrag 10% gestiegen
Lebensmittelgrundpreisberechnung neu erfolgt
Personen-Nahverkehrsgrundpreisberechnung neu erfolgt

Schwer atmend gestand ich ihr:

„Bin unter der Tausend jetzt."

„Das hast du ja mal wieder ganz toll hingekriegt!"

Diesmal hatten sie mich kalt erwischt. Scheiße, dann würde ich jetzt auf jeden Fall wieder sehr viel öfter zu Fuß gehen müssen... an der Kasse wird es bestimmt auch ein Spaß, wenn das doofe Fruchteis schon derartig teurer geworden ist. Aber der KV-Beitrag brach mir Niedriglohnsklaven wirklich das Genick!

Von einer purpurfarbenen Sofagarnitur hochschreckend, schmiss ein kräftig gebauter Kerl in seinen mittleren Dreißigern eine sündhaft teure Wasserpfeife um. Er war außer sich vor Erstaunen, raufte sich durch die bereits kahl werdende Frisur, und ging auf den riesigen Flachbildschirm zu.

„Häh!? Der kommt mir bekannt vor!", rief er völlig von Sinnen, und ging näher an das Bild, auf dem man den verstörten Teilnehmer Nr. 123 sehen konnte, wie er bewusstlos in seinem Schleudersitz auf den Boden zusegelte…

„Was für ein Zufall! Aber das ist doch eigentlich unmöglich! Alter!"

Er zog seinen Bademantel zu, und ging ziellos im Raum umher. Dann verharrte er vor dem Bildschirm, kniff die Augen zusammen, runzelte die Stirn, kniff die Augen noch ein wenig enger zusammen, rieb sie ausgiebig, um eine Sinnestäuschung auszuschließen, doch auch das änderte nichts daran… Gesichter vergaß er nicht…

„Dich habe ich doch … wo habe ich dich kleine Mistgeburt schon mal gesehen… hmmm… !?"

Die Arme in die Hüften stemmend, schweifte sein Blick den Wintergarten und den Swimmingpool… den Schauplatz unzähliger Feiern und ausschweifenden Zusammenkünften. Bald würde die

Herbstwelle mal wieder sämtliches Sozialleben zum Erliegen bringen... Nun ging der seltsame und irgendwie furchteinflößend wirkende Mann ganz nah an den Flatscreen heran, und strich über die Oberfläche, auf der man einen aus Mund und Nase blutenden jungen Kerl sehen konnte, der immer noch ohnmächtig, mit umher kullerndem Kopf seinem baldigen Aufschlag entgegensehen dürfte.

„Neeeeein? Echt jetzt? Das war doch... ahahaha, im Ernst?"

Jetzt hatte er es! Der Typ erinnerte ihn an, diese Lusche, damals vor einem dreiviertel Jahr, in diesem Club... dem „Marintim"... wie der ausgeflippt war, als er gesehen hat, wie...; - Oh man! Tja, ein gerechteres Schicksal hätte diesem unregistrierten Störenfried auch gar nicht treffen können! Das war er wirklich, meine Güte! Mr. Winfield musste sofort Nachforschungen anstellen. Und etwas anderes musste er auch...

Hektischen Fußes stampfte er über Carrara-Marmor, handgewebte Perserteppiche und bedrohte Tropenholzarten in Richtung von einem der Badezimmer. Ganz leise kam er vor der Tür zum Stehen:

Was nämlich keiner der Angestellten wusste, war, dass die in den Wänden und Türen eingelassenen Kunstglasscheiben für den, mit einem gewissen

Privileg ausgestatteten Besitzer, eine... nennen wir es, *semipermeable Transparenz* aufwiesen. Man musste doch im Bilde sein, was sich so im Haus abspielte! Und auch, wenn er unbeschränkten Zutritt auf die unzählbaren Überwachungskameras auf seinem Wohnsitz hatte, reizte es ihn, Sir Matthew Jonathan Bartholomew Winfield, seines Zeichens Hochgradfreimaurer und hochdotiertes Mitglied des Weltwirtschaftsforums, am allermeisten, Wandelemente durchsichtig zu machen, um seine Frau, die Kinder und das Personal im Blick zu behalten:

Genüsslich und verstohlen drückte er etwas auf seiner Smart-Watch, und lugte durch die Scheibe: Sie stopfte Gebäck, Brownies oder sowas in sich hinein, und war auf irgendwas in ihrem Handy vertieft.

Dabei hatte er doch jegliche Nahrungsmittel, die krümeln oder kleckern konnten, bei dieser Art der Arbeit strikt verboten!

Schließlich hatte er erst letztens tragischerweise jemanden entlassen müssen, weil er den breit gesprenkelten Radius von kleinen, braunen Krümeln eines Schoko-Muffins (eigentlich von seinem zwölfjährigen Sohn verursacht, während einer seiner Dienstreisen in seinem eigentlich für andere als Tabu erklärten Privatklo), irrtümlicherweise zuerst als etwas ganz anderes gedeutet hatte. Mr. Winfield hustete und klopfte an die Tür.

„Alles klar, Shamona. Sie können jetzt gehen."

Shamona sah verschreckt von ihrem Handyspiel auf, verschlang den Rest der Kalorienbombe, ließ die Packung mitsamt Handy und Bluetooth-Kopfhörern in ihre Tasche gleiten, und rief nach dem hastigen Herunterschlucken:

„Oh, okay. Also gut, in Ordnung, Mr Winfield!"

Vielleicht sollte er auch dem sanitären *Klobrillenwärmpersonal* den Gebrauch von Elektronik und Zeitschriften, alles, womit man sich irgendwie ablenken konnte, verbieten. So dass es sich dann auch mehr wie Arbeit anfühlte. Oder noch besser, er zwang sie, mathematische Kopfrechenaufgaben zu lösen, oder Fragebögen über Allgemeinwissen auszufüllen. Schließlich hatten sie, ihn, Sir Matthew Jonathan Bartholomew Winfield, in ein altenglisches Adelsgeschlecht hineingeboren, gefälligst zu respektieren! Gab er ihnen nicht eine echte Chance? Plötzlich verwarf er die aufkommenden größenwahnsinnigen Weiterspinnereien seiner narzisstischen Allmachtsfantasien. Es wäre doch angebracht, irgendeinen hochintelligenten Akademiker oder sowas für den Job zu finden... einen Physikprofessor mit niedrigem Social-Score vielleicht?! Ha, und der muss dann Grundschulmatheaufgaben lösen, die ganze Zeit! Aber na gut... er hatte diese Mitarbeiterin ja aus guten Gründen ausgewählt! Sie passte perfekt ins Profil!

Mr. Winfield gaffte durch die Scheibe, sah, wie sie ihren Zweihundertfünfzig-Kilo-Körper mit aller Kraft hochwuchtete, sich die Leggins über die enorm breiten Pobacken hochzog, den Sitz erst mit einem Hygiene-Feuchttuch, und den eigens dafür bereitgestellten Servietten abwischte. Shamona desinfizierte sich danach noch die Hände, inspizierte ihre klimpernden Wimpern, nahm ihre Tasche und stöckelte auf die Tür zu. Als er ihr aufsperrte, war die Scheibe wieder getönt. Gehorsam verkündete sie: „Sie können jetzt darauf gehen."

Mr Winfield antwortete zufrieden:

„Gute Arbeit! Sie sind wirklich ein Schatz. Nehmen Sie sich doch morgen frei, Cedric kann stattdessen kommen!"

Seine Mitarbeiterin zog eine enttäuschte Miene wegen den verpassten Punkten, sagte dann aber mit geschauspielertem Lächeln:

„Echt? Na dann. Vielen Dank! Sie sind so gut zu mir, Mr. Winfield!"

Sie hielt ihr Mobilfunkgerät an seine Smart-Watch, es piepte und Shamona stöckelte von dannen…

Mr. Winfield, der so seine bestimmten Eigenarten hatte, ließ die Tür zuknallen und verschloss sie. Gleich müsste seine Play-List losgehen, eine

Sammlung ausgewählter Bossa-Nova-Stücke. Heute entschied seine Armbanduhr dann jedoch an seiner Stimmung, dass es etwas noch Bewährteres werden sollte, das Fred-Wesley-Album „Funk for your ass". Er brauchte jetzt was zum Runterkommen. Er trat vor die Schüssel, über der auf der Fensterbank eine vergoldete Miniaturversion der Georgia-Guidestones aufgestellt war. Viele Mitmenschen empfanden das Gefühl einer noch warmen Klobrille als merkwürdig und unappetitlich. Nicht so er, Sir Matthew Jonathan Bartholomew Winfield! Er konnte inzwischen gar nicht mehr ohne! Das war einer seiner vielen Ticks. Sicher, er könnte auch eine dieser beheizten Brillen nehmen. Doch das Gefühl von Macht, dass die gespeicherte Wärmeenergie auf organischem Wege produziert wurde, von einem eigens nur für diesen Zweck von den Körperzellen eines von nur für ihn versklavten Individuums, das gab ihm noch mal einen ganz ausgefallenen Kick. Einen für den Normalo unvorstellbarer, außergewöhnlicher Auftrieb war damit verbunden. Verträumt streichelte er den noch warmen Toilettensitz, seufzte selbstgefällig und nahm schließlich Platz...

Das Erste, was er auf seinem Smartphone-Bildschirm aufrief, war natürlich die Überwachungssoftware. Er wischte das Röntgenbild weg, welches zeigte, dass Shamona sich keinerlei Wertgegenstände eingeführt hatte, um sie unbemerkt außer Haus zu schmuggeln. Zwar hatte sich seine Paranoia bei keinem Einzigen seiner Mitarbeiter als berechtigt herausgestellt, aber Kontrolle war einfach um so vieles besser, als seinen Mitmenschen auch nur einen Meter weit über den Weg zu trauen. Es gefiel ihm ohnehin einfach der Gedanke, einem Menschen auch rein physiologisch ins Innerste schauen zu können. Was ihr Inneres auf der psychischen Ebene preisgab, dazu waren andere, noch ausgefeiltere Methoden auserkoren:

Die Menschheit war endlich vollständig sortierbar geworden. Lange dauerte es nicht, und Mr. Winfield hatte sich eingeloggt, und befand sich auf der Seite mit dem Teilnehmerverzeichnis. Er suchte nach den erfassten Personendaten des Teilnehmers Nr. 123. Einmal raufgeklickt, offenbarte sich die komplette Biografie jenes Homo Sapiens:

Jedes noch so kleine Vergehen der letzten Jahre, jeder noch so knurrige Kommentar über die Abendnachrichten war hier komplett übersichtlich und einsehbar für diejenigen, welche dem scheinbar Undurchschaubaren gern etwas Transparenz einzuhauchen vermochten. Tatsächlich war da ein dickes Ausrufezeichen, weil er es im realen Leben einmal mit diesem vogelfreien Subjekt zu tun gehabt hatte. Unfassbar. Das war ja tatsächlich dieser Hampelmann aus dem „Marintim". Da! Minus dreihundertfünfzig Punkten wegen schwerer Körperverletzung. Eigentlich hatte er ja nur Jeremy ins Gesicht gespuckt. Doch als Unregistrierter, der nebenbei noch einen medizinischen Nachweis gefälscht hatte, griff für ihn das volle Strafmaß. Potenziell hätte er Stechmückengrippeviren in sich tragen können. Ohne gefälschten Impfpass jedenfalls, wäre er über der dreihundert geblieben... tja, aber so folgte dann die Auflösung seines Bankkontos, eine Zwangsenteignung, die Räumung seiner kümmerlichen Einzimmerwohnung, Arbeitseinsätze im öffentlichen Straßenmeisterei-Strafbataillon, bis schließlich eine private Leiharbeitsfirma ihn an den Meistbietenden verhökert hatte. Nach wiederholt schlechtem Betragen bei dem Privateigentümer ist er dann in ein großchinesisches Reservat gekommen, um in der Nahrungsmittelproduktion im Bereich Pestizidstaffel eingesetzt zu werden. Nach unerlaubtem Verlassen des Antennenbereichs folgte dann die richterliche *Annihilationsanordung.* Und den Rest, hatte Mr. Winfield sich ja live ansehen können! Aber das war ein Riesending! Wie lange schon, für wie viele verheizte Menschenseelen hatte er immer, bedingungslos auf die Teilnehmerzahl 123 gesetzt. Seit der ersten Staffel schon! Und zum ersten Mal war er, mit vollem Namen als Sir Matthew Jonathan Bartholomeus Winfield mit seinem Wetteinsatz persönlich bekannt! Aufregung, plötzliche Anteilnahme und eigentlich totgesprochene Neugierde regten sich ihm in Leib und Seele. Dabei hatte die Sendung sogar schon so langsam begonnen, ihn zu langweilen, er kannte die drei Spiele nun schon in- und auswendig, samt dem Schmerz und den vor Todesangst verzerrten Gesichtern, allmählich

45

hing ihm das Ganze schon fast zum Halse raus...

Dann fiel ihm ein, was es bedeutete. Welch ein unaussprechliches Paradoxon! Eigentlich hatte er ja auf Nr. 123 gesetzt, ein nettes Sümmchen Geld, einem in keinerlei Verhältnis stehenden Zahlenwert, doch mit dem Abräumen der Gesamtsumme, dies garantiert durch seine raffinierten Wettspielmanipulationen, hatte er Größeres vor! Durch Umwandlung dieser Milliardensumme in Gold, Silber und Immobilienwerten wollte er der für nächstes Jahr anstehenden Hyperinflation, dem geplanten Mega-Crash noch vor dem Blackout, entgehen. So würde sein Vater ihn dann vielleicht endlich wieder respektieren und ernst nehmen, über geschickte Schleimerei und Aushaltevermögen könnte ein großer Fortschritt zurück hinein in die Firmen-Teilhabe genommen werden. Eile war geboten, der Anteil vom Kuchen des Erbes sollte ihm am besten möglichst bald juristisch zugesichert werden, wenn die Gerüchte über die gerontotoxischen Eigenschaften des Vakzins wahr sein sollten... ... und doch, und doch musste er nun um jeden Preis verhindern, dass Teilnehmer Nr. 123 den Ausgang dieser Episode zu erleben imstande war. Würde er zum Sieger gekürt, hätte er als nicht nur Rehabilitierter, sondern vollautorisierter Dreitausender zum allerersten Mal Rechtsanspruch auf seine Neuronaldaten. Die Verknüpfung seiner Wenigkeit mit ihm, Sir Winfield, und die damit einhergehende Offenlegung seiner kriminellen Aktivitäten, der ungeschützte Verkehr mit mehreren

Unregistrierten, die Verletzung des Kontaktverbotes mitten im harten Lockdown damals, würde preisgegeben... nicht auszudenken! So würde es vorprogrammiert sein, dass die hauseigene KI des Inlandgeheimdienstes des Europäischen Staates die Synchronitäten erkennen würde, und schwupps, der baldige soziale Abstieg in den Schmutz und Dreck des allgemeinen Pöbels stünde an. Mr. Winfield hielt den Atem an... was als sichere Geldquelle und ausgefuchste Betrügerei begonnen hatte, entpuppte sich nun als Dilemma, welches ihn finanziell wie gesellschaftlich ruinieren könnte. Äußerst angespannt drückte er etwas auf seiner Smartwatch. Mach schon!

Auf seinem Handybildschirm konnte er dann sehen, was sein Sohnemann in diesem Moment grade trieb: Edward war auf dem Basketballfeld, fuhr mit seinem elektrischen Kinder-Quadbike Schlangenlinien und ballerte mit Pfeffergeschossen aus dem Luftgewehr auf die ihm hoffnungslos ausgelieferte, extra zu diesem Zweck erworbene Anzahl an Meerschweinchen, die wegen dem meterhohen Zaun keinerlei Fluchtmöglichkeiten hatten. *„Desensibilierungspädagogik"* nannte sein Vater derlei Beschäftigungen, mit dem er seinem Spross seit frühester Kindheit jegliches Einfühlungsvermögen vor lebendigen und empfindenden Kreaturen abzukonditionieren versuchte. Nicht, dass er bei seiner Exfrau noch verweichlichte, abseits des Umgangs. Diese Härte würde er brauchen, wenn er es zu etwas in dieser Familie bringen wollte.

Mittlerweile funktionierte es ganz gut. Nur mit der Gehorsamkeit holperte es noch ein wenig, dachte Mr. Winfield ärgerlich. Endlich nahm er den Videoanruf entgegen:

„Hallo Papa. Was gibt's?", fragte Edward, nachdem er sein Magazin leergeschossen hatte, und die Mundwinkel zwischen seinen dicken, pausbäckigen Wangen verzog, als er neue Munition in das Magazin lud, während die Meerschweinchen umherkrochen, und eine Blutspur hinter sich herzogen.

„Du hast genug gespielt für heute! Hör zu, dein Vater muss heute wohl doch noch überraschend arbeiten. Deswegen ist dein Wochenende bei deinem alten Herrn wieder ein wenig früher zu Ende. Keine Widerrede. Setz dich einfach ins Auto und es fährt dich wieder zu deiner Mutter, ja?"

„Also gut, Papa. Dann bis in ein zwei Wochen!", nuschelte der leicht übergewichtige, verwöhnte und gleichzeitig diversen Bewusstseinskontrollprogrammen unterworfene kleine Edward etwas geknickt. Ein Butler, der den Jungen zu einem der autonom fahrenden Teslas geleiten würde, erschien am Platzrand.

„HALT! Wie heißt das richtig, Freundchen!?", herrschte Mr. Winfield ihn an. „Kommunikationsregel Nr. 17 dieses Hauses?"

48

„Ach ja. Du... du bist so gut zu mir, Papa."

Sein Vater nickte grimmig, und beendete das Gespräch. Ganz langsam, als wäre er ein Luftballon, aus dem grade sämtliche Luft pfeifend entwich, atmete er aus, lehnte sich auf dem Klositz nach vorne, und versenkte den Kopf in den Händen, bevor er heulend und strampelnd wie ein Kleinkind die Fassung verlor. Viel zu viele Hebel waren bereits in Bewegung gesetzt! Und doch, wenn er nach seiner Sitzung wieder in das Wohnzimmer schlendern wird, würden Bedienstete die mit Bongwasser vollgekippte Sofagarnitur und den Teppich bereits ausgetauscht haben...

ZWEITER AKT

Brennball

Kopfschmerzen. Taube Gliedmaßen. Es war nicht, rein überhaupt gar nichts zu sehen, komplette Dunkelheit, zusätzlich dazu, dass ich meine Füße nicht spüren konnte, waren sie auf irgendeine unangenehm verdrehte Weise unbeweglich:

Was auch immer sie uns an veterinärmedizinischen Anästhetika gespritzt hatten, ihnen wurde der Rang von einem anderen Pharmakon abgelaufen, an die Stelle rückte irgendeine Stimulanz, die das Blut nun rasch hinter die vor Schmerz pochende Stirn pumpte. Wiederholt hatte man mir das Maul versperrt, diesmal genügte den Organisatoren, in derer Hände unser Schicksal lag, allerdings ein dicker Streifen Panzertape. An dem schmerzverzerrten Gestammel und gedämpften Panikattacken um mich herum erkannte ich, dass ich wohl auch diesmal nicht allein war.

Urplötzlich drangen schroffe, verzerrte Gitarrenriffs in unsere Ohren. Dann setzten Bass und Schlagzeug ein, die damit einsetzende Light-Show aus grünen und roten Scheinwerfern zwang mich, die gerade aufgerissenen Augen gleich wieder zu schließen, sosehr blendete es. Erst nach ein paar Sekunden zeichnete mein Okzipitallappen nach und nach die Konturen einer Art Turnhalle ab. Nebelmaschinen hüllten ein gewaltiges Spielfeld und geheimnisvoll-schaurige Atmosphäre. Sogleich zersprangen synchron die Ketten an unseren Fußknöcheln, und ein Mechanismus in der Wand schob uns äußerst unsanft von der Auswechselspielerbank:

Taumelnd und keuchend richteten wir uns auf., da ich keinerlei Gefühl in den Beinen hatte, fiel ich genau wie der Mann neben mir erst einmal um. Waren das hier alles Gewinner der ersten Runde!? Den Schrammen und gegipsten Händen und geschienten Beinen nach schon... Moment mal, wenn wir zu sechst sind, bedeutete dies, die kranke Scheiße war voneinander unabhängig ganze sechs Mal passiert!? Und wir waren alle Gewinner dieses ekelerregenden Spektakels? Mir wurde ganz übel. Ein riesiger Flatscreen, der an der Hallendecke angeschraubt war, ging an, und zeigte das Bild der Bühne, dessen Moderator hinter dem Vorhang wir ja schon einmal kennengelernt hatten…:

Die Vorhänge lichteten sich und enthüllten auch diesmal wieder die schaurige, blutverschmierte und anscheinend total mit Stimulanzien vollgepumpte Fratzengestalt, die da vor freudig auf und ab tapste, in die Hände klatschte, Kussmünder formte und ausladend in die Runde grüßte:

„Werte Teilnehmende und glückliche Gewinner! Heeeeeeeeeeeeeeeeeeerzlich wiiiiiiiiiillkommen zuuuuuuuuuuuuuuuuuu... unserer heutigen

Ausgaaaaaaaabe vooooooon: BRENNBALL! -
dem Klassiker des Sportunterrichts, ein wenig
um spannungssteigernde Nuancen aufgepeppt!
Heute könnt ihr beweisen, was in euch steckt!
Doch Vorsicht, Sport ist bekanntlich Mord!
Wieso noch länger Zeit vergeuden?
Teilnehmer*in „72"! Sie sind an der Reihe!"

Eine etwas untersetzte Frau Anfang Vierzig
versuchte, laut loszubrüllen, ihr grün blinkendes
Halsband schnitt ihr ins Doppelkinn, sie hatte
Blutergüsse von der wohl unsanften Landung,
Schürfwunden reichten ihr bis unter den zerfetzten
Trainingsanzug mit der golden gestickten Nr. „72".
Auf einer Art Rollbahn für Bowlingkugeln glitt ein
Volleyball mit der Ziffer 72 entlang, und wurde dann
von einer Ballschussmaschine absorbiert, das
surrende Ding drehte und richtete sich aus, ein
kleiner roter Ladebalken an der Seite füllte sich,
während alle Scheinwerfer uns in rotes Licht
tauchten:

Foooooooooomp.

In dem Moment, wo der Apparat den Ball
zufallsbasiert in die Halle schoss, wurden die
Scheinwerfer grün. Die Frau machte wilde
Verzweiflungsgesten, raufte sich die Haare und brach
in Tränen aus. Verstört sah sie zu der Reckstange in
etwa fünfzehn Metern Entfernung. Erst jetzt fiel uns
auf, dass zwischen den Turngeräten in den

Nebelschwaden grün blinkende Staubsaugerroboter ihre Bahnen zogen. Was zum... unsere gegnerische Mannschaft bestand aus *Staubsaugern?* Ernsthaft? In dem Moment, wo die Frau drauf und dran war, zusammenzubrechen, drehte sie sich angsterfüllt zu uns um, als sie erkannte, wie einige der Staubsaugerscheiben in der Mitte des Spielfelds blinkend mittels Bewegungssensorsteuerung die Verfolgung des kullernden Volleyballs aufgenommen hatten.

„Lass dir ruhig Zeit, meine Teuerste!", lachte der Moderator schadenfroh.

Ein Mann neben ihr deutete hektisch auf die Reckstange und sprach ihr mit Gesten Mut zu. Schließlich fasste sie sich ein Herz und begann, so schnell wie irgend möglich ihren noch narkotisierten Körper auf das Turngerät zu zuwuchten. Mitfiebernd blickte ich ihr nach, sie stolperte, richtete sich wieder auf, stolperte noch mal und taumelte dann weiter... ein bisschen mehr Eile wäre angebracht, bald würden die Staubsauger den Ball eingeholt haben! Das dämmerte auch ihr, und so legte sie die letzten Meter im Sprint zurück, und hievte ihren Leib mit aller Kraft an der vertikalen Stange hoch. In Todesangst balancierend, schloss sie zitternd die Augen, als die Flutscheinwerfer auf Rot wechselten... doch nichts geschah. Schluchzend klammerte sie sich fest, als der Spielmoderator erschien. Er war vorher auf dem Bildschirm nicht mehr zu sehen gewesen, räusperte sich und rümpfte die Nase. Etwas nasal nuschelte er:

„Es bleibt spannend, meine Damen und Herren! Auf zum nächsten Spielzug, und vergessen Sie nicht, jeder Schritt könnte ihr letzter sein, in unserem übrigens markenrechtlich geschützten Format „Drei mal darfst du raten!" - der einzigen Spielshow mit juristisch eindeutig wasserdichten Annihilationsverträgen in der gesamten eurasischen Union! Also, liebe Zuschauer*innen, zögern sie nicht, jetzt noch einen Wettschein zu erwerben und fiebern Sie mit, wenn ihre Kandidaten das Rennen für Sie und für den wohlig warmen Geldregen entscheiden! Nummer „204"! Versuch dein Glück!"

Alle Augen richteten sich auf einen ausgemergelten, auf dem Boden kauernden Mann, der krampfhaft versuchte, sich von dem Stück Panzertape zu befreien. Eine genauso zwecklose wie auch schmerzhafte Prozedur. Mit dem Militärklebstoff hätte ein dünner Streifen genügt, um ihn an die Turnhallendecke zu kleben. Bei ihm musste es sich wohl um einen Drogenabhängigen handeln, einer der untersten Kategorien der von den Eliten zum Abschuss freigegebenen Gruppe der „nutzlosen Esser". Er stockte, und stolperte auf die Ballschussmaschine zu, als wolle er das Ganze verhindern, doch das Ding hatte den Volleyball mit der Ziffer „204" schon längst absorbiert. Seine fahlen Augen sahen dem Bogen der Schusslaufbahn hinterher, er beschloss sofort, keine Zeit zu verlieren. Die Lebensgeister flammten noch einmal kurz in seinen sonst so glasigen Augen auf, als er begriff, dass es nun um die Wurst ging, darum, so schnell wie möglich loszurennen, so wie er früher die Beine in die Hand genommen hatte, wenn eine vierbeinige Polizeidrohne am Szenetreff aufgetaucht war. Der Ball war gerade erst in der Mitte des Spielfeldes aufgeschlagen, da hatte er schon die halbe Strecke zum ersten Hindernis. Obwohl einer der Roboter nur ca. fünf Sekunden davon entfernt war, seinen Ball zu tangieren und damit weiß Gott was für eine Todesmaschinerie in Gang zu setzen, meisterte er es mit Bravour, sich an dieselbe Reckstange zu hängen, auf der die Teilnehmerin von grade immer noch in Schockstarre ausharrte…

„Hundertsiebenundvierzig!", plärrte der Moderator kurz und knapp, und der Vorgang setzte sich von neuem in Gang. Diesmal prallte der Volleyball in sehr viel geringerer Entfernung auf, etwas hinter dem Turnkasten, der wohl als zweiter Safe-Point fungieren sollte, und kullerte weiter ins Spielfeldinnere, wo er neben einem Springbock zum Stehen kam. Der Kandidat verharrte wie gelähmt, unter „Hmmpf" und Mmmpf" der anderen Spielteilnehmer berührte er seinen geschienten Arm, es gelang ihm nicht, den anfänglichen Vorsprung für sein Leben zu nutzen. Sein Vorgänger war schon auf halben Weg zum Springbock, während die Teilnehmerin ganz vom Anfang sich noch immer lieber zitternd an der Reckstange festklammerte. Die noch sehr viel größere Angst vor dem Ungewissen innerhalb der Nummer „147", der in diesem Spielzug an der Reihe war, veranlasste ihn dann doch, lieber sofort loszurennen. Doch schon nach drei vier Metern blieb er abrupt stehen, denn auch der vermutlich Drogensüchtige in der Mitte des Spielfelds hatte auf der Stelle abgebremst, und wir sahen auch warum; Aus den Nebelschwaden war einer der Staubsaugerroboter aufgetaucht, gemächlich surrte er mit seinen 2 Km/h auf den nur noch in ein, zwei Metern entfernten Spielball zu. Während Nr. „147" sich panisch zu uns anderen umdrehte, schaffte Nr. „204" es gerade noch so, aus dem Stand auf den Turmkasten zu springen. Rotes Licht. Eine Klappe, ähnlich einem ausfahrbaren Scheinwerfer, klappte sich aus dem Boden aus. Vor Schreck gelähmt starrte der Kandidat die bunsenbrennerartige Düse mit der kleinen bläulich züngelnden Flamme darauf an, verschränkte die Arme vor dem Kopf, doch dann: - ein glühend heißer Strahl aus mehr als 2000 Grad Celsius heißen Napalm-Gels erwischte ihn komplett. Eine meterhohe, pechschwarze Rauchfahne verband beide anderthalb Sekunden miteinander, bis der lichterloh brennende Mann nach zwei, drei Rückwärtsschritten mit rudernden Armen nach hinten kippte. Teilnehmerin Nr. „72" klammerte sich völlig verstört und todesverängstigt in einigen Metern Entfernung an das Metall der Reckstange, die mitsamt der blauen Turnmatte von ihrem grün blinkenden Band angestrahlt wurde. Ich war nicht der einzige, dem kotzübel wurde und der sich umdrehte, als feststand, dass das militärische Klebeband zumindest nicht so heißen Temperaturen standhalten konnte. Erstickte, quietschende Schreckensschreie wurden durch die Nebelshow zu uns herübergetragen.

„Ein brandheißer Spielzug!", dröhnte die Moderatorenstimme unbeeindruckt.

„Nun... vielleicht... bewegt... ihr... kleinen Spielzeugfigürchen... eure... klitzekleinen Spielzeugbeinchen... jetzt... ein... klein... wenig... schneller?! Nr. „420", was denkst du?"

Das Scheinwerferlicht richtete seinen Kegel auf einen Kerl mit hünenhafter Statur, die Dreadlocks reichten ihm bis zum Gesäß, Runen-Tätowierungen zierten seinen muskelbepackten Oberkörper, er hatte seinen Trainingsanzug mit den Händen auseinandergerissen, splitternackt, mit baumelndem Gehänge warf er grimmige, tollwütige Blicke in die Runde. Nur sein Stirnband mit der Ziffer „420" kennzeichnete seine Teilhabe an dieser geschmacklosen Prozedur. War auch hier eine Go-Pro eingebaut!? Gerade als er sich vor der Linie in hockende Position begab, ertastete ich das Objektiv.

Foooooooooomp.

Noch im Startschuss preschte er los, er schien das erste Hindernis um jeden Preis erreichen zu wollen. Dann erkannte er doch, dass die Fluglaufbahn des Balls über ihm eine steile Parabel beschrieb, so dass er auf jeden Fall irgendwo in der Nähe der Reckstange einschlagen würde. Dies tat er dann auch, prallte ab, prallte dann noch einmal von der Wand ab, und kullerte schnurstracks auf einen Staubsaugerroboter zu, der unlängst den Kollisionskurs zum Wurfobjekt eingeschlagen hatte. Wutentbrannt war der tätowierte Wikingertyp stehengeblieben, fixierte grimmig die sich aufeinander zu bewegenden Objekte, und stapfte mit den Füßen, als er sich zu der noch viel zu weit entfernten Reckstange umsah. Kurzerhand gebot die in ihm aufschäumende Wut und seine spirituelle Überzeugung, am besten auf jeden Fall kämpferisch zu sterben, Anlauf zu nehmen, auszuholen; - und der Staubsaugerroboterscheibe einen wutentbrannten Tritt zu verpassen, so fest, dass er gegen die nahe Turnhallenwand schepperte, und in mehrere, funkensprühende Teile zerbrach. Rotes Licht. Der sich räuspernde Moderator schaltete sich mit beleidigter Stimme ein:

„Netter Versuch. Aber das hättest du nicht tun sollen."

Schnaubend sah er sich um. Von vorne, links, rechts, und hinter ihm waren auf einmal ausgefahrene Flammenwerfer-Düsen auf ihn gerichtet. Irgendeine

Kamera zoomte ins Spielfeld hinein, in Full-HD sah man sein fassungsloses Gesicht auf dem Bildschirm. Verzweiflung, Unglaube und Abscheu hatten seine Mimik ergriffen. Wie konnte es so weit kommen!? Er, groß wie ein Baum, nordisches Blut... besiegt von einem Staubsauger? Teilweise überkreuzten sich die Flammenwerferstrahlen, ziemlich unmittelbar sank der Mann auf die Knie. Bei ihm und der Litermenge an Flüssigbrennstoff schien es wohl ziemlich schnell zu gehen... Was, wenn man stattdessen den Ball wegkickte? Dass musste wohl auch Nr. „204" beschäftigen, der mittlerweile mit gigantischem Vorsprung im Netz eines Fußballtores hing, den Springbock, der sehr viel weniger Teilnehmern auf einmal Schutz bot, hatte er schon hinter sich gelassen. Schluckend sah ich, dass bereits nur noch vier Bälle übrig waren, dessen wurden sich auch die anderen drei verbliebenen Teilnehmer und selbst die Frau an der Reckstange bewusst, gleichwohl es nichts an ihrer Schockstarre änderte. Sie sah zu uns Verbliebenen herüber, restlos verstört. Jeder von uns hinter der Startlinie fürchtete sich, als nächstes dran zu sein, rechnete sich insgeheim die bereits so geringen Chancen aus. Hatte denn überhaupt noch jemand außer Teilnehmer Nr. „204" eine Chance!? Der Gipfel der Ungerechtigkeit musste von ihnen aufs Unfreiwilligste, unter Zunahme tödlichen Zwangs erklommen werden, und dass, obwohl Todesangst die Muskeln lähmte. Im Grunde musste bereits die nächste Person in zwei drei Spielzügen, von der Dauer her unkalkulierbar, im Sprint mehrere

Etappenziele auf einmal bewältigen, um den Flammenwerfern zu entkommen, und nicht wie die anderen verkohlten Briketts auf dem Spielfeld zu enden, von denen qualmend pechschwarze Rauchwolken aus den noch lichterloh brennenden Leichnamen aufstiegen. Scheinbar sparten sich die Veranstalter bei dieser Nummer hier das Krematorium...

„Ob man so wirklich noch nach Valhalla kommt!? Man weiß es nicht!", spottete der Moderator frech. **„Kleiner Scherz am Rande zu Ungunsten unseres skandinavischen Exponats hier... jedenfalls... verpassen wir euch eure gehörige Portion Fegefeuer schon hier im Diesseits! Und übrig bleibt nur...;"**, eine kurze Rührung über die Rückführung von dem Wunder des Lebens in den anorganischen Zustand ergriff sein Gemüt, **„... übrig bleibt nur... vollkommen reiner und steriler Kohlenstoff."** Herablassend wandte er sich an die Adressaten seiner misanthropischen Hasstirade und knurrte. **„Na los, Kohlenstoff Nummero Dreihuuuuuuuuundert-sechzehn! Versuch dein Glück!"**

Eine junge asiatische Leichtathletin fackelte nicht lange, sondern war innerhalb eines Sekundenbruchteils in hockender Startposition. Beim *Foooooooooomp* der Ballschussmaschine war sie aus der Hocke bereits zwei Meter nach vorne gepresscht. Verdammt, wenn hier irgendjemand überhaupt noch eine Restchance hatte, dann jawohl sie! In unter fünf Sekunden absolvierte sie die Distanz zum ersten Hindernis, der Ball war noch nicht einmal aufgeschlagen, da war sie schon mit einem Hechtsprung unter der Reckstange hindurch, auf der anderen Seite gelandet, rollte sie sich ab, und jagte in Düsenjägergeschwindigkeit auf den Turnkasten zu, der Ball schlug irgendwo im hinteren Teil der Halle ein, prallte willkürlich irgendwo ab, davon ungerührt, sprang sie mit der Lässigkeit einer Parkour-Läuferin über den Kasten hinweg, landete und raste weiter auf den Springbock zu, als mehrere Staubsaugerroboter in geringer Entfernung des Balls die Entfernung aufnahmen, sie holte auch noch das letzte aus ihren Muskelsträngen heraus, um im letzten Moment des rot werdenden Scheinwerferlichts doch noch hinaufzukraxeln. Ungerührt von dieser sportlichen Meisterleistung kommentierte der Spielleiter:

„Wow, das habe ich ja noch nie gesehen, dass eine asiatische Person irgendwo drin die Beste ist! KLEINER SCHERZ! Selbstverständlich möchten wir niemanden unserer Investoren aus dem Reich der Mitte beleidigen! Aber Sie wissen ja gut wie ich, dass wir uns hier die Political-Correctness, mit der wir die Massen seit vielen Jahren so zuverlässig verblenden und zensieren, getrost sparen können! Es lässt sich also doch der ein oder andere problematische Witz über Personen einer anderen Ethnie machen! Oder, mein dreibeiniger Abebe!? Ich meine,

selbstverständlich Teilnehmer*in Nummer Fünfhundertdreiundachtzig! Mit deinem langen Dödel allein könntest du doch das Spiel gewinnen, nicht wahr?"

Ein Äthiopier wurde vom Scheinwerferkegel angeleuchtet. Traurig sah er mich an, in seinen Augen lag eine barmherzige Entschuldigung, dass ihm statt meiner das letzte bisschen Wahrscheinlichkeit zuteilwurde, hier lebend rauszukommen. Schon gut, Bruder... ich sah ihn Mut machend an und nickte. Das war es dann wohl... *Foooooooooomp!* Sein Kopf schlug herum, er blickte mir tief in die Augen, klopfte mir versöhnlich auf die Schulter und preschte los. Der Spielball mit der Nummer „583" war knapp links an dem Flatscreen vorbeigeschossen, Nr. „316" war bereits auf halbem Weg zum Fußballtor, als er steil aufprallte, noch einmal 5 Meter hochhüpfte, dann zwei Meter hoch, bis er sich schließlich im ganz hintersten Teil der Halle austarierte, bei den Nebelschwaden für mich längst nicht mehr einsehbar. Nur diese blinkenden Mistdinger ließen sich hie und da grün aufblinkend in der dicken Suppe ausmachen. Mein Leidensgenosse von gerade hatte die Reckstange mit der wie im Alptraum festgefrorenen Kandidatin Nr. „72", der wir wohl auch nicht mehr helfen konnten, hinter sich gelassen und sprintete weiter um sein Leben...

... der obdachlose Junkie vom Anfang war der erste, der auf dem Bildschirm eingerahmt erschien, man sah in einem kleinen Fenster unten die von seiner Go-Pro bescherten Aufnahmen, das Ganze von einem Fenster aus Luftballons und Konfettiregen eingerahmt, er hatte es über einen Trampolinsprung auf eine mit rotem Samt bezogene Matratze geschafft, golden prangte „204" dort oben, gerade in dem Moment, in der Abebe den Turnkasten erklomm, halbierte sich das Übertragungsbild. Zwei eingerahmte Live-Zuschaltungen waren von nun an zu sehen. Beide sahen sich mit angstverzerrten Gesichtern an, fassungslos und völlig aus der Puste. Dann: Rotes Licht. Abebe, oder wie sein Vorname war, drehte sich auf dem Turnkasten zu mir um, und geriet fast aus dem Gleichgewicht bei dem Anblick, wie viel er in der kurzen Zeit zurückgelegt hatte. Verzweifelt und mitleidig guckte er zu mir herüber.

„Nun wird es spannend, werte Zuschauer*innen*außen, oder auch nicht, wenn sie in Stochastik aufgepasst haben, hehe!"

Mir wurde kotzübel vor Angst. Der Moderator, der nun wieder den Bildschirm zierte, fixierte mich mit abschätzigem Blick und fuhr fort:

„Die letzten werden die Ersten sein! So ist es doch, oder? Wer zuletzt lacht, hat den scheiß Witz halt nun mal aus Dummheit nicht eher kapiert! Außerdem: ... vielleicht ist nicht mehr da sein genauso verdammt langweilig und öde wie... wie noch nicht da zu sein! Oder? Was

meinst du dazu, Teilnehmer „123"? Ach, du kannst doch bestimmt nicht mal bis drei zählen!"

Surrend richtete sich die Ballschussmaschine aus, der Schweiß in Strömen an mir herunter. Die groteske und widerliche Gestalt auf dem Bildschirm, die es sich hier rausnahm, den Tod echter Menschen zu moderieren, palaverte weiter mit schnalzendem Kiefer, scheinbar war er jetzt maximal zugedröhnt:

„Das beee... das be-ste ko-hoo-hoooommt ja bekanntlich... zum schnief# ... das be-he-heste kommt zum Schluss, zum Schlu-hu-hu-huuuuss! Ahahaha, oh man, haut das rein! Nummero Eins-Zweiiiii-dreieieieieieieiiiiii! Du bist dran, dran bissuuu!"

Ich merkte, wie dasselbe Phänomen sich der Kontrolle meiner neuromuskulären Endplatten der Beine und Arme bemächtigte, in ganzkörperumfassender Kontraktion all meiner Gliedmaßen festgefroren stand ich versteinert da und blickte der paralysierten Frau an der Reckstange in die todesverängstigten Augen. Zu der Ballschussmaschine linsend, von der ich mir nun die Gnade einer einigermaßen günstigen Schusslaufbahn erhoffte, stockte mein Atem, doch dann: Qualm stieg aus dem Ding auf, sie ruckelte, vibrierte und stieß ein Ungutes verheißendes Gerattter aus. Spätestens jetzt rutschte mir das Herz in die Hose. Es funkte noch einmal kurz auf, dann machte es dumpf *„Pomm"*, und fiel zur Seite, wo dann nur zaghaft ein zerplatzter Volleyball-Lederfetzen mit der Nr. „123" lustlos aus dem Lauf gepustet kam. Sofort schalteten die Scheinwerfer einheitlich auf Rot um. Einmal auf dem Boden geworfen, hielt ich mir schützend die Hände über den Kopf. Schluckend hielt ich ein Auge geöffnet, um zu sehen, welcher Flammenwerfer mich flambieren würde...

Bitte nicht! Bitte nicht! Bitte niiiiiiiiiiicht!

Aber... was zum; Der Turnhallenboden wurde von grün blinkendem Licht angestrahlt. Es stammte von meinem Halsband! Aber das hieße doch; Zischend und brutzelnd hatte eine der mit Flüssigbrennstoff spritzenden Selbstschussanlagen die Frau an der Reckstange abgefackelt, eine zusätzlich auftauchende Rauchsäule weiter vorne im Spielfeld verkündete mir, dass weiter vorne in der Halle auch Nr. „583" der Gar ausgemacht wurde.

„Und du spürst auch wirklich gar nichts?", fragte ich Leonie entnervt.

„Nein, da ist ganz sicher nichts.", entgegnete sie mit einem Augenrollen.

„Unglaublich, nicht zu fassen...!", murmelte ich mit dem Ohr an der Wand. Infraschall. Psychotronische Kriegsführung gegen mich! Nun mehr ein Targeted Individual! Gangstalking, Gaslighting, zerkratzte Sofagarnitur, Gelenkschmerzen, Schlafentzug, modernste Zersetzungsmethodik... ein dröhnender und nervenraubender Brummton raubte mir inzwischen Schlaf und Verstand. Als ob sich unter dem Boden ein Dieselgenerator, eine wummernde Waschmaschine oder ein LKW-Motor befände, der unablässig zwischen 0:30 Uhr und 7:45 Uhr sein Störfeld sendete, um nach einer kurzen Pause, dann von 10:00 Uhr bis 22:30 Uhr mein Zuhause unbewohnbar zu machen. Man meinte, Vibrationen und ein warmes Gefühl auf der Schuhsohle zu spüren... diese Mikrowellenwaffentechnik war sehr schwer nachzuweisen, wurde aber von staatlichen Strafvollzugsbeamten ganz legal eingesetzt, um Andersdenkende in den Wahnsinn zu treiben.

Sie nahm etwas distanziert auf der Bettkante Platz, warf mir einen besorgten Blick zu, sah wieder weg und sprach dann etwas zögerlich:

„Und... hast du es dir noch einmal überlegt?" Mit

noch geöffnetem Mund und der geistigen Energie völlig beraubt, gelähmt und ausgehöhlt, wand ich meinen Kopf zu ihr. Nein, nicht das wieder! Wir hatten doch...

„Aber das kann doch nicht dein Ernst sein! Wir haben uns das... doch immer so sehr gewünscht! Den Vertrag... den Vertrag des Lebens einlösen, so hast du es immer genannt, das waren deine Worte!"

Mit einer Handbewegung und spöttischen Gesichtsausdruck, ganz so, als ob sie meinen Weckruf an ihre einstigen Gefühle, die damalige Zeit mitsamt ihrem damaligen Ebenbild einfach wegwischen könnte, und sagte:

„Ja, sicherlich... damals, da klang das so romantisch, wir hatten vom Leben selber unser Dasein geschenkt bekommen, und einzig daran geknüpfte Bedingung war: - selber einmal Leben schenken...! Doch die Ressourcen des Planeten sind nun einmal begrenzt! Überlege doch mal: Kinder sind doch auch wirklich schlecht fürs Klima!"

Fassungslos glotzte ich sie an.

„Echt jetzt? Nicht zu fassen! Seit wann gehst du nun auch der Radikal-Antinatalismus-Bewegung anheim?"

Wütend schleuderte ich den noch nicht zurückgebrachten Bluetooth-Lautsprecher gegen die

Wand. Der Wutausbruch kostete doch auch wieder sicherlich seine fünfzehn Punkte! Wie alles Technologische hier in meiner kleinen Parzelle war auch er nur „geliehen". Nichts besitzen und dabei absolut glücklich sein, tja...

„Schatz, es ist doch der einzige Weg, wie wir zusammenbleiben können!"

Vor einigen Wochen wurde ein globales Programm gestartet. „Weltbürger*innen" bekamen durchschnittlich fünfhundert Punkte gutgeschrieben, in einigen Teilen der Welt und bei eingetragener Lebenspartnerschaft sogar Tausendfünfhundert, wenn man sich dazu bereit erklärte, sich sterilisieren zu lassen. Dass sie es so direkt aussprach, war wie ein Tritt in die Magengrube. Mit meinem Score von Sechshundertsechzehn bekam Leonie bereits Punkte abgezogen, wenn sie sich länger als vier Stunden im selben Raum aufhielt. Freilich war der Algorithmus vor dem Update noch nicht ganz ausgereift, so dass die Punkte, wenn sie alle drei Stunden und fünfundfünfzig Minuten das Gebäude verließ, nicht verbucht wurden. Doch auch das belastete die Beziehung logischerweise schon extrem.

„Leo, das kannst du auf keinen Fall von mir verlangen:", wimmerte ich verzweifelt.

„Aber Leon! Wir sind doch füreinander bestimmt!"

Jetzt schluchzte auch sie, und Tränen liefen über ihre rotbäckigen Wangen. Ich rutschte auf sie zu und nahm sie in den Arm. Ja, das waren wir... die staatliche Partnervermittlungsapp musste uns einfach für ein Treffen vorschlagen, nur zufällig wischten wir über unseren Handybildschirm, da ein Großteil der Matches nach dem Update auf ethnische Durchmischung und „Völkerverständigung" ausgelegt waren. Und so staunte ich nicht schlecht, dass mich statt einer Asiatin oder einer südamerikanischen Klimaflüchtlingsschönheit eine waschechte Hamburgerin auf meinem Bildschirm anlächelte. Die Ähnlichkeiten waren wirklich erdrückend: Als im selben Monat August und im selben Stadtteil Hamburg-Rahlstedt geborene teilten wir uns nicht nur das Sternzeichen, sondern auch den Vornamen, spielten in der Kindheit und Jugend Fußball und Tischtennis, präferierten die gleichen Netflix-Serien, bedienten die Gitarre in sparsamer Form der selben überbewerteten Lagerfeuerlieder, hatten unter den Kuchensorten den Bienenstich als Favoriten auserkoren, hatten den selben Berufswunsch, nämlich Lehrer werden, Deutsch und Geschichte zu unterrichten.. Ganz allgemein waren wir wie ein Herz und eine Seele...

„Aber Leon!", begann Leonie, die innere Aufzählung unserer Gemeinsamkeiten trieb jetzt so langsam auch mir die Tränen in die Augen. Nur ihr Score war inzwischen so unterschiedlich, wie er nur sein konnte. Punkteabzug für Punkteabzug hatte sich

Leon von seiner Leonie entfernt. Ein falscher Post? *Zack!* Einen Lernlabtop nicht fristgerecht zurückgebracht? *Zack!* Ein Wahlplakat der Kanzlerkandidatin angespuckt? *Zack!* Migration kritisiert? *Zack!* Verschwörungstheoretische Videos geliked? Zack! In einer Sprachnachricht das Wort „Klimaschwindel" benutzt? *Zack!* Das Gitternetz über der Stadt gefilmt, das ganze „Geo-Engineering-Aerosols" getauft und online gestellt? 4 Jahre später: *ZACK!* Den Müll nicht richtig getrennt, wiederholt? *Zackzackzack!* Bei Rot über die Ampel geradelt, hallo? *Zack!* Mutters und Vaters Geburtstag vergessen? *ZACK! ZACK!* In einer Hausarbeit impliziert, es gäbe ein biologisches Geschlecht? *Zack!* In einem offiziellen Amtsschreiben nicht korrekt gegendert? *Zack!* Vor ewigen, aber nachweisbaren Zeiten Musik raubkopiert und illegale Streamingdienste genutzt? *Zack!* Einfach so, und nur aus Belustigung auf den Link eines rechtsradikalen Musikstückes geklickt, gesendet von einem Chatbot einer Facebook-Gruppe? Zack! Die Miete genau wie die Krankenkasse zum wiederholten Male nicht pünktlich überwiesen? *Zack!* Zwei Haltestellen über die Kurzstrecke hinaus im Bus gefahren?

Zack! Und Zack! Zack! Zack! … und Zack!

„Leo, bitte! Außer dir will doch keiner mehr etwas mit mir zu tun haben!"

Die aufschäumende Verzweiflung gebot meinen

Füßen laut aufzustampfen. Eine Sekunde später wummerte das Dröhnen umso lauter, geheimdienstkriminelle Instantanbestrafung. Mit hochgezogenen Augenbrauen sagte sie mit scharfem Tonfall:

„Leon, du könntest dich auch einfach endlich impfen lassen!"

Schon wieder dieses leidige, verhasste Thema! Können mich nicht endlich mal alle damit in Ruhe lassen? Musste man ihr damit so derart ins Hirn scheißen?

„Sag mal für wen hälst du dich, für die WHO oder was?"

„Das ist jetzt nun mal eine Verordnung, an die wir uns ALLE zu halten haben! Und zwar wirklich alle, wenn wir das Virus besiegen wollen! Da hilft es nichts, wenn sich Leute wie du wie ein bockiges Kind aufführen, und damit die Gesellschaft spalten!"

„Klar, ich bin jetzt schuld daran, dass sich deine Großmutter angesteckt hat? Trotzdem sie zwei Wochen vorher geboostert wurde? Sag mal, merkst du noch was? Ich spalte die Gesellschaft, in der ich für die freie Entscheidung des Einzelnen plädiere? Wer benimmt sich denn grade wie ein Kind? Hauptsache spuren, wenn Vater Staat sonst mit einer Tracht Prügel droht! Wenn der Fernseher und das

Internet eure Entscheidungskraft nur lange genug weichgekocht haben, kann man mit euch eingelullten Untertanen eines mediokratischen, globalen Unrechtsstaates alles machen!"

Wutentbrannt sah sie mich an, der gefährlichste und hochansteckendste aller Viren hatte sich ihres Körpers bemächtigt, die Angst. Eindeutig diagnostizierbar an ihren grimmigen Augen und der schnaubenden Nase abzulesen...

„Man muss nun mal Abstriche machen in Sachen Freiheit, weil man der Gesellschaft und grade jenen, denen wir es schulden, den Alten und Schwachen, verpflichtet ist, sie zu schützen. Der Stechmückeninfluenza können wir nur beikommen, wenn sich auch alle solidarisch impfen lassen! Es ist doch auch nur ein kleiner Piks! Du und dein verschwurbeltes Gerede immer von Todesfällen, Übersterblichkeit, vollen Notaufnahmen... und dann angeblich noch das Nanotechnologiezeugs...;"

„Undeklarierte Adjuvanzien wie Graphenoxid!", fiel ich ihr ins Wort.

„Das sind doch alles nur Fehlinformationen, die von... nun ja, von Demokratiefeinden und Meinungsterroristen gestreut werden wie dir! Für so etwas habe ich dich am Anfang echt nicht gehalten..."

Mir stieß das Ganze so derart sauer auf! Durch ideologische Gehirnwäsche und Rund-um-die-Uhr-Propaganda hatte man uns den gemeinsamen Boden der Tatsachen unter unseren Füßen weggezogen, auf dem stehend man früher noch diskutieren konnte. Doch nun zählten harte Fakten nichts mehr, nur die Ideologie und die diesmal eingeprügelte Agenda der neuesten Psy-Op.

„Interessant. Damals, im Hörsaal vom virologischen Begriff der „Herdenimmunität" zu sprechen, ein Faktum, dass über hundert Jahre als wissenschaftlich-medizinische Übereinkunft galt, ist also ein verfassungsfeindlicher, terroristischer Akt! Und dann, wie Muttern im Pflegeheim damals in der Corona-Krise vom Arbeitsplatz weggemobbt werden, weil man die Dreistigkeit hat, zu behaupten, man habe diese Krankheit schon einmal gehabt, und selber Antikörper entwickelt, das Ganze ohne gentherapeutischen Eingriff in den Körper, der ja auch nur eine Notzulassung der europäischen Arzneimittelbehörde gehabt hatte... Ja ja. Na gut, wir wissen ja beide, dass das damals nur der Testlauf war... außerdem... hattest du nicht schon früher einmal öfters gesagt, ich wäre ein Querulant, Störenfried, Rebell? Damals hat dir das noch gefallen... aber seit Beginn der Pandemie benehmt ihr euch alle total... komisch! Nun ist die Obrigkeitshörigkeit der Deutschen aber auch wirklich zu einhundert Prozent wieder hergestellt! *Ey, ihr habt für mich in den letzten zwei Jahren alle das Gesicht verloren, und eure hässliche Fratze gezeigt! Und die geht mir nicht mehr aus dem Kopf!"*

Wort für Wort und ausgesprochene Silbe für Silbe hatte sie immer wieder von meiner gerunzelten Stirn und den angriffsbereiten Augenbrauen auf ihr Handydisplay geschaut, weil meines munter bimmelte und blinkte, unschlüssig starrte sie mich schweigend an.

„Was ist Leonie, willst du gar nichts dazu sagen?"

Schließlich begann sie zögerlich, die Worte auszusprechen, die ihr schon so lange auf der Zunge lagen, die dort krankmachend und tonnenschwer auf ihrem Gemüt wogen, darauf wartend, mit schmerzlichem Hervorbrechen endlich ihr künstlich einprogrammiertes moralisches Empfinden zu entlasten, ihr diese riesige Last zu nehmen:

„Leon... du hattest dich mal wieder nicht im Griff. Wir hatten doch eine Einigung... jetzt sind es, jetzt sind... es... es sind jetzt ganze fünf Punkte alle drei Stunden. Es tut mir... es tut mir so leid! Aber ich kann das einfach nicht mehr! Das ruiniert mein ganzes Leben! Ich liebe dich, ich liebe dich immer noch, ich werde dich immer lieben... aber es geht nicht! Wir können und... dürfen ganz einfach nicht zusammen sein... es bricht mir das Herz, Leon, aber das war es..."

„Du machst... du machst... du... machst...?",
stammelte ich. Das kam unerwartet. Jetzt wurde mir
nach Freunden und Familie auch noch... meine
Leonie... weggenommen. Ich verstand in diesem
Moment nicht die Ungeheuerlichkeit, mit der sie mir
meine Seelenverwandte geraubt hatten. Sie wand ihre
feuchten Augen ab von meinem flehenden Antlitz.
Dass es so schnell gehen würde... war das jetzt das
letzte Mal, dass ihre himmelblauen Augen mein
Innerstes mit ihrem Leuchten gestreift hatten?

„Es tut mir so leid.", flüsterte sie und ging, mit ihrem
Telefon und der Handtasche in der Hand langsam
auf die Zimmertür zu, ohne sich noch einmal
umzudrehen. Als die Haustür zuknallte, sah ich, dass
es 16:55 Uhr war, und sie bereits in fünf Minuten die
zehn Punkte abgezogen bekommen würde.

Einen anderen Weg, außer sein bisschen verbleibendes Vitamin B in der Reality-Gore-Gewinnshow-Wettbetrugs-Welt umzusetzen und über einen älteren Geschäftspartner seines Vaters die ein oder andere Stellschraube für die Beeinflussung des Ergebnisses festzulegen, gab es nicht. Mr. Winfield musste sich einen gewaltigen Ruck geben, und ging nur zögerlich, einmal vom Pförtner durchgelassen, durch eine von Trauerweiden gesäumte Allee auf das stattliche Anwesen zu. Der Wind ließ die langen Äste und Zweige Ungutes verkündend heulen und hoch und nieder peitschen. Durch den Matsch stapfend, knöpfte er seinen Trenchcoat zu und sah zu dem großen Tor, durch das er den Gutshof betreten würde. Er stockte. Die Male, wo sein Vater ihn hier hingebracht hatte, war das große knarrende Zuknallen des Tores immer die Einleitung zu einem Wochenende der Erniedrigung und des traumatisierenden Missbrauchs durch alte Perverslinge gewesen. Okkultismus, traumabasiertes Mind-Controlling, anfangs zwang er sie nur Tiere zu töten...

Hier spaltete sich im Alter von zarten acht Jahren Mr. Winfields erste Persönlichkeit ab. Niemals im Leben wäre er hier freiwillig hingekommen, doch erforderte die Dringlichkeit nach der zweiten Spielrunde, seinen Stolz und seine noch verbliebene Menschenwürde herunterzuschlucken, und sich die Macht dieses widerwärtigen Drecksacks zunutze zu machen. Drinnen drang spärliches Licht zwischen den

Rollläden hervor, die das abscheuliche, sich im Innern Abspielende vor neugierigen Blicken schützen sollten.

Wut, Angst, Ekel und Hass kamen auf einmal hervor- etwas in ihm klopfte an; - doch er hielt sich verkrampft die linke Hand fest, sah nach oben, atmete hektisch ein und aus und versuchte, nicht noch weiter zu depersonalisieren.

Schon gut, hier war Matthew, Mat, man kannte ihn doch, er regelte den Job! Scherte sich nicht um Gefühle und dachte nur an die Zahlen. Drehte alle Filme, die sich diese satanistischen Geisteskranken ausdachten, ihm machte es nichts aus, er kümmerte sich nur um die Technik, auf Kameraführung und das Einfangen von Gemütsregungen wie Todesangst verstand er sich! Hölle nochmal, eine ganze Zeit hatte er in diesen Kreisen als etwas gegolten!

Nur seinen eigenen ersten Snuff-Film würde selbst „Mat" nicht noch einmal ansehen wollen.

Doch genug, genug! Er war besser dran, wenn er den Hahn von hervorsprudelnden Erinnerungsschnipseln einfach abdrehte, und zwar sofort. Mr. Winfield starrte geistesabwesend auf den Kirchturm der kleinen Kapelle, die auch zu dem Hof gehörte, und verdrängte alle aufkeimenden Verbindungen zu solcherlei Geschehnissen in seinem Nervensystem. Jetzt war Haltung wahren angesagt! Wer wusste, was der Preis sein würde, den er bezahlen musste! Er drückte einen Klingelknopf und sah in das Kameraobjektiv über den schweren Eichentüren. Erst knackte die Sprechanlage, dann raunte eine osteuropäische Frauenstimme:

„Wer sind sie, zu später Stunde noch den Herren des Hauses zu stören?"

„Matthew Winfield hier.", sagte er kurz und knapp.

„Matthew … sie sagen, äh .. Winfield? Ich frag mal, ob...;", flüsterte sie und wurde dann jedoch von einer genervten, schnaufenden Stimme unterbrochen.

„Ach ja, guad, des stimmt scho, der Winfield-Bursche woa a no da. Loss ihn hoid eina!"

Es klickte, und surrend und quietschend öffneten die elektrischen Türöffner die massiven Eichentüren, und der Mann trat ein. Neben einem Mähdrescher gab es auch noch ein Schützenpanzer Modell Puma, und seine Besatzung sowie die intelligente Kanone visierten ihn sofort an. Oben auf einem Getreidesilo sichtbar, ließ sich auch der Urheber des roten Laserpointerpunktes auf seiner Brust ausmachen. Puh... schien ja ganz schön aufgerüstet zu haben, hatte der Freiherr Johann Benedikt zu Erlmaier-Rosenberg so viele Feinde? Oder war man hier nur generell nicht so gern auf Zeugen aus, die von den Verbrechen an diesen Ort berichten könnten? Ganz egal... eine Hand winkte ihn herüber, im Türrahmen des Haupthauses stehend. Also gut, Mat! Dann wollten wir mal! Unangenehm auf den Laserpointerpunkt und die seine Laufbahn verfolgende Maschinenkanone blickend ging Mr. Winfield langsam über den knirschenden Kies. Er hatte sie schon kapiert, diese kleine sublime Klarstellung der Knarrenläufe über die Verhältnisse, eine falsche Bewegung, und man würde ihn ausknipsen. In diesem kleinen aber gut versteckten Teil der Welt kam man ohne so was einfach nicht aus. Ein schlechter Witz, mit dem Panzer, wo man doch jedem EU-Bürger in Sachen Waffenrecht mittlerweile nicht mal einen Zahnstocher zugestand... Im Türrahmen stand eine Bedienstete, die ihn wortkarg hineinbat:

„Folgen Sie mir, der Herr Erlmaier-Rosenberg ist in der Stube!", sagte sie kurz und knapp, und er folgte über den knarzenden Dielenboden durch den dunklen Flur. Nichts, rein gar nichts, von dieser eher landwirtschaftlichen und altmodischen Einrichtung deutete auf die Gräueltaten hin, die auf diesem Grundstück verübt wurden. Zwei große Aquarelle zeigten jeweils eine windumpeitschte Nordseeküste und einen Berghof in Berchtesgaden. Neben Kerzenständern, vergilbten Familienfotos und einem Garderobenständer ein altmodischer Webstuhl, es roch modrig und nach Desinfektionsmitteln. Schließlich öffnete sie die Tür, die einen Spalt breit offenstand, und Mr. Winfield trat in das von

Kaminfeuer erleuchtete Zimmer. Ihm wurde direkt eisig zumute, etwas ging von dem im Sessel kauernden Mann aus, was einem das Blut in den Adern gefrieren ließ. Zwischen dem Fachwerk hingen in der Wand eingefasste Kerzenleuchter, die Licht auf die Sofagarnitur, das Bücherregal und die Ritterrüstung warfen, und auf die vielen Musketen, Dolche, Säbel und Steinschlosspistolen, die laut den vielen Jagdtrophäen und Hirschgeweihen wohl auch benutzt wurden... Mr. Winfield verharrte unschlüssig auf dem grünen Teppichboden, überlegte, mit irgendeiner der Stichwaffen seinen ehemaligen Peiniger hinterrücks zu erdolchen, doch hinter ihm hatte nun bereits ein misstrauisch dreinblickender Wachmann mit seiner MP-5 die Tür verschlossen, und positionierte sich nun fest entschlossen davor.

„Ich... äh...", stammelte Mr. Winfield unschlüssig und seiner geistigen Kräfte beraubt, wie damals mit zehn Jahren brachte er kein einziges Wort raus.

„Ja mei, jetzt setz di hold, kruzifix! Und steh do net rum wie a bestollt und ned obgehold!", pampte der schnaufende Fettsack und deutete auf den anderen Sessel.

„Gut, ich... ich werde, äh...;", stotterte Mr. Winfield. Über dem Kamin war ein gesticktes Wappen irgendeines Geheimordens zu sehen, irgendwas mit einer Schlange und einem umgedrehten Kreuz, eingefasst in irgendeine dreieckige

Freimaurersymbolik. Außerdem kennzeichnete die eingerahmte Bildcollage von einem rauchenden Winston Churchill vor dem Hintergrund eines brennenden Dresdens ihn als ausgewiesenen Deutschenhasser.

Er nahm langsam und zögerlich Platz, und vermied es, in sein gealtertes und zigarrenpaffendes Gesicht zu blicken.

„Mechst du vielleicht a wos zum Dringa!? I hob hia no an ausgezeichneten Neunzgeneinunddreissger Chardonnay, wennst mogst!"

Schon eine Frechheit, ihn das zu fragen. Wo doch so manches Getränk dieses alten Herren zu seiner Glanzzeit bedeuten konnte, dass ein Opfer halbtot vergewaltigt wegen seinen Blutungen von einem „Hausarzt" versorgt werden musste.

„Bin bloß beruflich hier. Lieber nicht.", knirschte Mr. Winfield.

„Ah so a Quatsch! Du dringst jetzt oin mit mia! Do duld i überhaupt gorkaine Widerrede, hosd du des verstanden!?"

„Schon klar.", willigte Mr. Winfield unsicher ein. Einen kurzen Blick hatte er in die durchbohrenden Augen seines Gegenübers riskiert, dies hatte genügt, dass die Knie weich wurden und er alles tat, um nicht wie früher weiter gequält zu werden. Aus diesen von Falten und Krähenfüßen eingefassten Pupillen strahlte, glühte und loderte alles Schlechte und Boshafte dieser Welt heraus. Einer jener Kandidaten, zu dem die wirklichen Fäden der Macht führten, ein stiller Teilhaber, den niemand kannte und den niemand je zu Gesicht bekam. Wortlos nahm Mat, die Persönlichkeit, die für das Geschäftliche, das Privatleben und für die Unterdrückungen all seiner anderen abgespalteten und programmierten Identitäten zuständig war, das Glas entgegen, nippte dennoch kurz daran, ob es nicht vielleicht doch nach Rohypnol schmeckte.

„Also, wos mechst du jetzad!? Kimmst hier ummi so spät aufd Nocht! Woßt du ned, dos so a older Mo wie i sein Schlof braucha duad!?“, polterte er mit schnalzender Zunge, und rückte schnaufend auf seinem Sessel hin und her. Tatsächlich hatte er schon einen seidenen Schlafmantel an. Doch das konnte hier in diesem Hause auch ganz andere Sachen bedeuten... Etwas eingeschüchtert und dennoch verzweifelt begann Mr. Winfield:

„Ich... muss mein Angebot leider zurückziehen, beziehungsweise... haben sich die Vertragskonditionen geändert... es wäre unter diesen Umständen ganz und gar nicht gut, wenn mein Steckenpferd das Rennen für sich entscheidet.“

„Bist du narrisch!? Mei, du hosd dafüa a haufn Gold

gzahlt, da han sovuil Sachen in Bewegung gsetzt wor'n, und jetztad mechst du des olles zu nichte macha!? Kruzifix! Woasd du überhaupt, wo du hier bist, du Volldepp, du!?", knurrte Herr Johann zu Erlmaier-Rosenberg aufgebracht. Er verschüttete etwas von seinem 30.000 Euro-Getränk, völlig erbost darüber, dass es eine Planänderung geben würde bei einer Sache, die er selbst abgesegnet hatte. Sogleich fühlte er sich um etwas betrogen, roch irgendeinen noch nicht garen Braten, Eliten wie ihn schmeckte das immer überhaupt nicht, wenn etwas nicht exakt wie prognostiziert nach ihrem Fahrplan ablief. Deswegen plante man ja in Davos immer alles so akribisch und rigoros...

„Geben Sie mir einen Moment, es zu erklären, ich...;", warf er sich Verständnis von diesem Mann erhoffend ein.

„Da werd i wohl mehr als nur oin Moment braucha füa!", keifte der keuchende Oligarch, der sein Geld mit diversen Wohltätigkeitsstiftungen und Abtreibungskliniken gemacht hatte. Er zappte lustlos auf seinem Bildschirm herum. Als Mitglied der oberen Zehntausend konnte er auf Fernsehprogramme zugreifen, die rein zur Befriedigung der sadistischen Fetische der Herrschenden ausgestrahlt wurden:

Man sah nun Aufnahmen eines Schiffsdecks, das Innere einer LKW-Fähre, auf drei Fahrbahnen knieten jeweils zehn, fünfzehn Teilnehmer in jeweils blauem, grünem oder rotem Trikot, in einigen Metern Vorsprung zu einem jeweils blauen, grünen oder roten LKW, welche neben Kuhfängern auch Aufsätze von Minensuchpanzern oder Kreissägen aufwiesen. Scheinbar wurde man so auf dem afrikanischen Kontinent dem Bevölkerungsüberschuss der nutzlosen Esser gerecht... grausig, was es neben „Drei-mal-darfst-du-raten!" noch so für Formate gab.

„Des is a scho wieda so longweilig!", meckerte Herr zu Erlmaier-Rosenberg genervt. „Dua amoil wos gescheites her!" Er zappte weiter. Im nächsten Programm sah man Muslime, welche unter Androhung von Punktverlust bis hin zum Annihilationsvertrag mit einem Ziegenbock verkehren mussten. Er schaltete noch mal um. Nun zu sehen war eine französische Show, die unter dem Markennamen „Tour de Franz" lief, eine international erfolgreiche Sendung, die es sich auf die Fahne geschrieben hatte, ausschließlich Deutsche zu zeigen. Zu Blasmusik und in Lederhosen oder Dirndl gesteckt, mussten vorher mit Alkohol intubierte Individuen einen Fahrrad-Parkour in luftiger Höhe von dreißig Metern absolvieren, mit einem Affenzahn und vielen steilen und engen Kurven, ohne Geländer, in so großer Stückzahl und mit oftmals zwei Promille, war vielen der Tod sicher. Die geschäftstüchtige und nur auf den eigenen Vorteil bedachte Seite ergriff Mr. Winfield, je mehr er seine Kindheit hinter der Abstumpfung zurückließ, außer Acht ließ, verblassen ließ, umso mehr konnte er wieder seiner Worte Herr sein, und so sprach er schließlich zurückhaltend:

„Wenn Sie mich erklären lassen, es stellt sich folgendes dar: Mit den Wettspielmanipulationen bin ich jemandem sehr Wichtigen auf die Füße getreten, unwissentlich..." Unangenehm berührt die Hände in den Schoß legend, fuhr er fort: „Man hat mich in Kenntnis gesetzt, dass mein Eingreifen in das bereits bestehende Wirken eines anderen alten Freundes meines Vaters eingreift.", log Mr. Winfield.

Ein Verweis, dass er spurte, seinem Herrn Papa gehorchte, nach den Regeln der Regelmacher spielte.

„Aha. Und wer is des!?", wollte der schnaufend atmende Mann im Sessel wissen.

„Ich bin zur Diskretion verpflichtet.", flunkerte Sir Matthew Winfield ungehemmt. Kein Wort darüber, dass eine richterliche Neukalibrierung des Sozialkreditkontos von Teilnehmer 123 eine Meldung der künstlichen Intelligenz über das Missachten des strengen Kontaktverbotes nach sich ziehen würde. Von den Bildern auf der Leinwand ganz und gar unbeeindruckt, fast gelangweilt, sah das widerliche alte Pädo-Schwein ihn an und fragte:

„Nu, wos springt denn füa mi raus!?" Mr. Winfield

86

hasste sich im Innern dafür, es ekelte ihn an, doch Mat war am Steuer, er tat nun alles, um seinen Arsch zu retten und sperrte den achtjährigen hilflosen Jungen in seinem Kopf ganz weit weg in den Keller.

„Wenn Sie wollen, hätte ich noch... knapp fünf Pizzen im Angebot. SOS Kinderdorf oder UNO-Flüchtlingshilfe... Sind auch schon ... fertig gebacken. Können auch ganz gut... mit Tieren. So... wie sie es immer wünschen."

Für Mat war es grade zum aller ersten Mal hochgradig schwierig, am Steuer zu bleiben. Das im Kindersexsklavenhandel gängige Codewort „Pizza" ließ kurz Bilder, und fragmentarisch vorhandene Tonschnipsel seiner streng geheimen und maßgefertigten Filmproduktionen an die Oberfläche strömen, sein Herzschlag beschleunigte sich. Und auch die Umschreibung, dass jene in elitären Kreisen herumgereichten Minderjährigen für zoophile Perversionen abgerichtet waren, brachte er nicht mit der gewohnten Selbstverständlichkeit über die Lippen.

„Aha. Interessant! Die han mia grad ausgonga. Bloß, wos i jetzad überhaupt ned verstehn ko, is, wieso du des a überhaupt amol macha mechst. Kloa, du fürchtest a Bestrafung von deinan Herrn Papa, gell? Aber woher wuillst du wissa, dass er erst amol dahinna kimmt?"

Für jeden möglichen Gedanken, auf welche Weise alles aufliegen könnte, hatte er sich zig Ausweichmöglichkeiten zurechtgelegt. Doch, für den unwahrscheinlichsten Fall, dass den überall steckenden Augen und Ohren des Mr. Winfield Senior von dieser Sache überhaupt gar keinen Wind bekam, nicht. Alles zielte darauf ab, die Spuren zu verwischen, doch jetzt musste er den gesamten bisherigen Erfolg seines Wettbetrugs zunichtemachen. Nichts über die Nacht im „Marintim" durfte an die Öffentlichkeit gelangen…

„Über gewisse Familiengeheimnisse verstehe ich mich zur Verschwiegenheit verpflichtet. Es sei nur so viel gesagt: Die computergestützte Auswertung aller Teilnehmer würde in hundertprozentiger Wahrscheinlichkeit ein Aufhorchen meines alten Herrn bewirken. Der Mann, dem ich damit an den Karren pissen würde, könnte ausreichend Hebel in Bewegung setzen, dass sogar Sie nachher schlecht dastehen könnten, wo die Sabotage der Schleudersitzmechaniken ja in gewissen Kreisen bereits in aller Munde ist."

Das voraussichtliche Einfärben seiner weißen Weste hinsichtlich dieser Spielrunde schien etwas in Freiherrn zu Erlmaier-Rosenbergs Gedankenwelt zu bewegen, die vorher noch kaum Teilnahme an der Situation seines Besuchers gezeigt hatte.

„Jetztad, wo du des sogst, leuchtet's mir scho a bissl

mehr ein. Bist wohl ned bloß zu mia ummi kimma, um über unser kloanes Geheimnis zu dratschen, gell!? Weils du so a anständiga Bua bist, mechst du mi a vor an Fehltritt bewahren, ja mei. I hob scho damols im Kirchturm gdacht, aus dem wird a mol a was. Der kloane Vinni, haha.", palaverte das Ekelpaket in dem samtigen Sessel, einmal kurz über den vom zehnjährigen Mr. Winfield durchgeführten Ritualmord an seinen bis dato besten Kindheitsfreund sinnierend. Sie waren beide zuvor von ihm und mehreren Männern vergewaltigt worden, bevor man ihn zwang, seinen Sandkastenfreund vom Kirchturm herunterzustoßen. Mat behielt nur die Kontrolle, weil sein Hirn gelernt hatte, Elektroschocks und Verbrennungen zu kassieren, wenn er ungefragt anderen dissoziativen Abspaltungen die Verfügung über sein Nervensystem gewährte. Sein am weitesten weggesperrtes Ich wäre ihm wahrscheinlich sowieso nicht sonderlich behilflich gewesen. Ein Klopfen an der Terrassenscheibe holte sein gerade entgleisendes Bewusstsein wieder an die Oberfläche. Irritiert sah er zur Seite. Draußen auf der Terrasse war ein selbstfahrender Rollstuhl herangefahren, der unablässig vor und zurück gegen die Glasscheibe fuhr. In ihm saß ein etwa achtjähriges Kind mit schweren Missbildungen und Sauerstoffgerät, der einsetzende Regen musste ihn gewaltig durchnässt haben. Sein Blick war stumpf und apathisch, keinerlei Anzeichen von Angst, er wollte jedoch eindeutig ins Trockene.

„Na, dem seine Strafe ist noch ned vorbei!", grinste Freiherr zu Erlmaier-Rosenberg sadistisch und fuhr mit einem Knopfdruck die elektrischen Rollladen der zum Innenhof zeigenden Fenstertür herunter. Er lehnte sich ein Stück vor und sagte leise:

„Jetzt pass auf, ge! Des is vei ned nua mei Sohn... i bin a ned nua außerdem sei Großvodda, i bin sogar a sei Urgroßvodda!"

Nur ganz langsam und unter Anstrengung gelang es Mr. Winfield bei einem Blick in die ungläubig stierenden Augen, die aus dem fehlgebildeten Microzephalus-Schädel lugten, die Aussage über diese inzestuösen Abscheulichkeiten dieses Hauses zu einem Bild zusammen zu setzen... hatte er wirklich... seine Tochter, und danach... seine eigene Enkelin geschwängert? Ihm wurde ganz übel, es kostete einige Anstrengung, seinen Ekel zu verbergen, als er entgegnete:

„Interessant... öhm... ich ... ich verstehe. Das ist... ja mal'n Ding."

Das schien den alten Sack irgendwie Befriedigung zu verschaffen, dass selbst einem Gehirnwäsche-Opfer, dass mit allerlei Grausamkeiten trainiert wurde, dies sauer aufstieß, und er fuhr fort:

„Des hom's mia a imma ned glauben wollen! Ah, ja, kimm, jetzad red mer amol übers Geschäftliche, gell?

Des Oanzige, wos i dia no anbieten ko, issad so a psychotronische… Waffengschichten."

Mr. Winfield hörte sofort auf:

„Was für eine Art Waffensystem ist das, wovon Sie sprechen?"

Mit einem Räuspern erzählte Freiherr Johann Benedikt zu Erlmaier-Rosenberg:

„I hob nua no des Voice-to-Skull-Ding do im Angebot, eigentlich scho veraltet, aber füa mi hod des imma ausgezeichnet funktioniert."

Es war kein wirkliches Abwiegen, da es die einzige Möglichkeit war, seinen Arsch zumindest im Diesseits aus der Affäre zu ziehen. Dass er in die Hölle kommen würde, stand ohnehin fest.

„Wir haben einen Deal.", flüsterte er, sein Würgen unterdrückend.

Dritter Akt

„Bist du wirklich sicher, dass du das auch wissen willst?", fragte mich mein über Videochat zugeschalteter Freund Christopher.

„Ich... äh... ich muss das einfach wissen!", klagte ich verzweifelt in das Mikro. Seit dem neuesten Lockdown war es nur noch der Familie und eingetragenen Lebenspartnerschaften erlaubt, sich persönlich zu treffen.

„Du bist dir wirklich sicher? Ich mein, du siehst echt scheiße aus.", entgegnete er besorgt. Was sollte schon passieren, wie viel doller sollte es schon schmerzen?! Sie war fort, weg, von dannen, einzig die Gewissheit, dass sie sich noch in der Stadt aufhielt, und sich theoretisch nur in wenigen Kilometern Entfernung aufhielt, versprach Linderung... „Es ist halt glaube ich besser, ich erzähle dir das lieber nicht, grade zum jetzigen Zeitpunkt! Hey, Leon, das ist glaube ich grade wirklich nichts, womit du dich befassen solltest, in deiner Situation. Geh ins Metaverse, dir einen runterholen, da gibt es doch genug schöne Frauen zur Ablenkung..."

„Scheiß mal auf die VR-Kacke da! Ich will sie, nur sie, und ich will sie sehen! Mir alles egal! Ich mache auch eine Vasektomie, ich tue alles was sie will, nur soll sie zurückkommen!", schluchzte ich den Tränen nah.

Christopher rückte etwas auf seinem Stuhl hin und

her, und nachdem er ein paar Befehle in die Tastatur gehackt hatte, warf er einen Blick auf den Bildschirm, und runzelte die Stirn. Sein Antlitz verriet erst Irritation, dann sowas wie Ekel, und schließlich sah er mich mitleidig an. Bedächtig sprach er:

„Es ist besser für dich, wenn du es nicht erfährst. Ich weiß, du bist keiner, der sich was antut oder iwo runterhüpft, aber wenn ich dir das sage, druckst du dir irgend'ne Wumme aus und läufst durch die City. Ich mein, klar, die ist wie leergefegt. Du kommst ja auch so oder so oder so nicht weit…"

Obwohl diese äußerst ungute Vorahnung den Presslufthammer in meiner Magengrube noch einmal gehörig verstärkte, ließ es mir keine Ruhe. So schmerzhaft und tödlich gefährlich die Wahrheit auch manchmal sein mochte, der quälende Zustand der Ungewissheit fraß sich doch noch mehr durch mein Gehirn und Herz.

„Jetzt sag doch endlich!", fuhr ich ihn an. „Ich würde es doch selbst machen, nur habe ich null Ahnung vom Programmieren!"

„Dem ist leider so, ja. Außerdem gestaltet sich die ganze Chose grade ganz schön schwierig, überhaupt noch in ein freies und sicheres Internet zu kommen. Dieser VPN aus dem Kongo ist einer der letzten… wahrscheinlich kann ich in ein paar Wochen nach der

Fußballweltmeisterschaft und dem angekündigten Gesetz zum Schutz vor Cyberkriminellen Identitätsdiebstahl auch gleich beim EU.N.D. anrufen, und fragen, ob es auffällt, dass ich unsere beiden medizinischen Nachweise gefälscht habe."

Mit ernstem Blick sah er mich an. Dann sprach er streng:

„Versprich mir erst, dass du nichts Dummes tust."

Natürlich würde ich zu ihr fahren. Und natürlich wird das auch auf seinem Bildschirm zu sehen sein, doch was sollte er tun? Mich anrufen? Hahaha... die meisten Dinge konnte man ja eh nur noch persönlich oder über ein geschütztes privates Netzwerk bereden...

„Also gut, ich verspreche es. Ich werde nichts Unüberlegtes tun. Nun erzähl schon, wo sie steckt!", sagte ich bockig. Kurz sah er mir in die Augen, dann kurz zur Tastatur, klickte etwas und drückte auf Enter. Dann blickte er mich wieder an.

„Ich habe nur aus Sicherheit deine Druckertreiber unbrauchbar gemacht. Also komm nicht auf andere dumme Ideen, klar!? Wir gehen noch früh genug drauf, geimpft sind wir ja längst durch die Nahrung!"

„Ich werde mir oder anderen schon nix antun! Nun befreie mich doch endlich aus dem Joch der

Ungewissheit!"

Ganz bedacht und vorsichtig begann er:

„Okay, Leon, es gestaltet sich so... deine Leonie, die hat sich den neuesten Piks abgeholt."

„Also... dann ist sie jetzt...?", wimmerte ich fassungslos...

„Unfruchtbar, ja. Die mRNA-Sequenzen, die die Membran der weiblichen Eierstöcke für männliche Samenzellen unpassierbar machen."

Der erste Schlag in die Magengrube... na gut, sobald nächstes Jahr nach der Testphase 6G ans Netz gegangen wäre, und wir dank Quantencomputern und Nanopartikeln unsere Körper als Telefone benutzen würden, wäre es eh aus gewesen mit dem Kinderwunsch.

„Was steht da sonst noch?", flüsterte ich fassungslos.

„Oh man Leon, du willst das wirklich nicht wissen. Weißt du, man muss auch mit einer Sache abschließen können. Klar, es ist jetzt erst zwei Wochen her, aber...;"

„NUN SAG SCHON!", brüllte ich mit Tränen in den Augen. Christopher schüttelte den Kopf, und zuckte dann mit den Achseln. Resigniert machte er weiter:

„Du weißt doch, dass es ab einem Score von 2500 möglich ist, anderen Leuten Punkte zu geben, nach Lust und Laune, oder ihnen welche abzuziehen."

Über diese Unverschämtheit auf die harte Tour aufgeklärt, wies ich ihn an, mit der Sprache rauszurücken:

„Ist ne' ganz tolle Sache, ohne würde die Welt sicher aus den Fugen geraten, und wer weiß, vielleicht würde der ein oder andere... sogar selbstständig denken und Entscheidungen treffen! Das kann ja nun wirklich niemand wollen! Worauf willst du hinaus?"

„Deine Ex hat sich bei so nem Portal angemeldet. Hätte nicht gedacht, dass es so was noch geben könnte, aber... es gibt wohl nichts, was es nicht gibt. Hier, ich schick dir mal nen Link..."

Eine Mailadresse erschien in unseren Chatfenster. Bitte was? Oh nein, oh nein, oh nein! Bitte lass das nicht wahr sein, doch nicht meine Leo! Die Website hatte den ironisch klingenden Namen:

„*Social-Credit-Whore.com*"

„Das ist... das ist dann wohl... da können Leute...", stotterte ich. Ich vermied es, darauf zu klicken, eine

Sicht auf ein Profil von ihr hätte garantiert meinen Herzinfarkt bedeutet.

„Genau. Ekelhafte Perverslinge und alte Säcke mit ordentlich Knete in der Tasche können dort Sex bekommen, wenn sie die Frauen dafür mit Punkten bezahlen. Dachte, solche Seiten wären down wegen der Kontaktsperre, aber für die da oben gelten wohl andere Gesetze..."

Mit der Faust auf den Tisch schlagend, schrie ich ihn an:

„WO IST SIE JETZT? ICH KILL DEN TYPEN!"

„Genau deswegen wollte ich nicht, dass du es erfährst!", rief er aufgebracht. „Keine Ahnung, wie so eine Information deine gegenwärtige Lage verbessern soll."

„Man, ich hab' eh einen Punktestand von 600. Keine Ahnung, was als nächstes passieren soll. Die Sperrandrohung fürs Konto ist bestimmt schon im Email-Postfach, und die Räumungsanordnung lauert bestimmt schon in meinem Briefkasten! Die holen mich demnächst ab, damit ich mit einer Fußfessel Zwangseinsätze machen darf, schön Kippen auflesen, die Straße fegen, Graffiti abschrubben, und so weiter! Was soll mir denn noch großartig passieren!?"

„Leon, ich habe doch das Interface deines Accounts geupdatet. Keine Enteignung mehr, du kannst wieder Bus fahren, du darfst so in den Supermarkt, du kriegst die normalen Bezugsscheine... hey du bist mindestens so frei wie vor der Impfpflicht! Solange du nicht aus der EU abhaust, kann dir nichts passieren! Der Algorithmus hält dich für nen' Durchschnittsbürger!"

Seine Expertise im Bereich Informatik und heiklen cyberkriminellen Machenschaften in den Diensten der Menschheit in Ehren, aber stammesgeschichtliche Wut aus der grauen Vorzeit befeuerte meinen Organismus, es war alles so ungerecht, warum konnte ich diese ganzen Wichser nicht einfach mit einem Breitschwert totschlagen, ich wurde von einem Mobiltelefon besiegt, meine Vorfahren dort oben lachten mich sicher von irgendeiner Wolke aus...

„Ich bitte dich nur um eine letzte Sache als Freund.", sagte ich leise.

„Also gut!", herrschte er mich an. „Aber wenn sie dich morgen wegen irgend'nem Gewaltdelikt abholen, und dir mit Organspende oder Annihilationsvertrag drohen, wenn du dich nicht freiwillig zum Strafbataillon verpflichtest, trifft mich keine Schuld, klar?"

Stirnrunzelnd hackte er einige Minuten in die

Tastatur. Sein verärgertes Kopfschütteln und der angestrengte Gesichtsausdruck zeigten, dass irgendwas wohl doch nicht ganz so einfach war. Für mich war alles, was mit Computern zu tun hatte, eine für meine Wenigkeit undurchschaubare Zauberei, vielleicht war meine Technophobie in diesen Zeiten aber auch gar nicht so unangebracht. Schließlich verzog er eine Miene, als ob er etwas gelesen hätte, was er sich schon gedacht hatte, und sagte, leise und zögerlich:

„Also... laut dem landeskriminalamtlichen Polizeiregister befindet sich deine Exfreundin, ich betone es noch einmal: EXFREUNDIN... momentan in einem Vorort von Buxtehude. Mach was du willst mit der Adresse. Aber sag nicht, ich hätte dich nicht gewarnt. Und warte bitte fünfundvierzig Minuten, bevor du los gehst, solange währt die heikle Zeit, bevor unser kleines Videotelefonat vom Server gelöscht wird, und du mich da nicht reinziehst. Hätte kein erfolgreiches KI-Start-Up gegründet, wenn ich gewollt hätte, zwei Jahre später durch irgendeine Verbindung zu dir Spaßvogel alles zu verlieren! Zum Glück... zum Glück kann man ja die ganze Scheiße auch gegen sie einsetzen...“

Fast ohne Stimme verabschiedete ich mich:

„Ich danke dir sehr. Wir... wir sehen uns.“

Er nickte und sah mir noch mal mit hochgezogenen Augenbrauen in die Augen. Das war es dann. Man sah sich, man sah sich... vielleicht ja im nächsten Leben... dann wurde der Bildschirm schwarz.

Der letzte Linienbus trug mich und zwei andere Fahrgäste durch die schwarze Nacht, der Himmel war voller Kondensstreifen und milchigen Aluminiumdunst, dahinter schimmerte das, was man heutzutage den Mond nannte. Ab Gebiet des älteren Quarantänegürtels endete die Stadt, es zogen nur noch einzelne Gated-Communities am Fenster vorbei, und ich war froh, dass mein Smartphone bei der Erfassung über das Einhalten der allgemeinen Ausgangssperre dem System vorgaukelte, es würde ein triftiger Grund für meine Reise bestehen. Man konnte riesige Parks mit Photovoltaik und Windenergie sehen, neben großen Teilen von der Regierung angeeigneten „Naturschutzgebieten", unbetretbare Moore und Sümpfe. In den Wald zum Spazierengehen konnte man jetzt ja schon lang nicht mehr so einfach, geschweige denn zum Beeren Sammeln oder Pilze pflücken... sie hatten uns im Sack, die Falle war zugeschnappt, glasklar. Müde schloss ich die Augen, der Körpersprache nach waren auch die anderen Mitfahrenden dabei, gegen das Einschlafen anzukämpfen… nichts ungewöhnliches, wurde im öffentlichen Nahverkehr doch mit ELF-Wellen gearbeitet. Erst, als ich im absoluten Nirgendwo aus dem Fahrzeug stieg, konnte ich wieder einen klaren Gedanken fassen. Wo war ich hier gelandet? Keine Drohne zu Boden und in der Luft, die mich registriert hatte? Wow. Einfach nur eine verlassene Landstraße. Laut der Map war sie in dem einzigen Gebäude weit und breit. Ein wirklich ungutes Gefühl beschlich mich, es stand mir eigentlich nicht zu, ihr nachzuspionieren... Aber sie war die Liebe meines Lebens! Nach einer Gabelung ging ein Feldweg ab, und ich marschierte weiter über den Schotter auf die etwa fünfhundert Meter entfernte einzige Lichtquelle hier in der Pampa zu. Hinter einem Hügel offenbarte sich dann, von der Landstraße nicht einsehbar, ein alter Gasthof, vor dem mehrere Protzkarren und Nobelkarossen parkten. Mir schwante schon das Allerschlimmste vor, und ich wollte umdrehen. Es drehte mir den Magen um. Wenigstens wollte ich den Motherfucka killen! Ganz genau, ich werde die beiden einfach bei ihrem „Date" überraschen, kampflos würde ich sie nicht aufgeben können!

Je näher ich allerdings kam, desto mehr stand fest, dass sie da nicht einfach nur bei einem „Date" war...:

Laute elektronische Musik bollerte über das Feld herüber, scheinbar hatte der Laden auch eine erstklassige Light-Show am Start. Grüne und rote Laser und stroboskopartiges Blitzlicht leuchteten in den Himmel. Wenn mich nichts täuschte, hatte der Gasthof einen ausgedehnten Garten mit Swimming-Pool, Sauna- und Gartenlaube, und so etwas wie einer kleinen Tanzfläche. Scheinbar war hier wirklich etwas los! Und das mitten im Lockdown! Einige der Automobile waren echt richtige Luxus-Vehikel, in denen mitunter gelangweilte Chauffeure aufs Lenkrad trommelten, bis was auch immer dort in dem dubiosen Geschehen stattgefunden haben würde. Ich wurde das Gefühl nicht los, dass ich lieber umkehren sollte... vor dem Gebäude stand ein Security-Typ, der mich noch nicht gesehen hatte, und so hielt ich einen Moment inne, nicht sichtbar hinter einem Schild mit der Aufschrift: „Zum Marintim".

Noch konnte ich umdrehen... doch dann überwog der Zorn den Schmerz und die Eifersucht... was dachten solche Typen eigentlich, die ihre Situation ausnutzten, wer sie waren? Denen würde ich die Fresse einhauen! Hatte doch eh nichts mehr zu verlieren, jetzt wo sie weg war! Zum Teufel, nochmal! Ah! Laut der Tracking-App befand sich Leo nicht in dem Gebäude selbst, sondern in einem Bereich hinter der Saunalaube, der im Grunde vom Feld unbemerkt betreten werden konnte, wenn man sich anschlich, und über den Zaun kletterte. Hockend verschwand ich im Gebüsch des angrenzenden Knicks, und ging gebückt durch das dornige Gestrüpp, soweit, dass mein Auftauchen aus den Brennnesseln auf der anderen Seite nicht mehr vom Eingang einzusehen wäre. Bedächtig, in der Hocke und angespannt in Richtung des Grundstückes blickend schlich ich über den Acker. Schätze, ich tat das Ganze jetzt wirklich... da war zu viel angestaute Wut, die musste ich an diesen Mackern abreagieren...

Ein einfacher Gartenzaun begrenzte das Grundstück an der linken hinteren Ecke, nur ein Komposthaufen und Geräteschuppen boten ein wenig Sichtschutz. Es war ein wirklich ungewohntes Gefühl, dass ich mich einfach so unregistriert und nicht aus allen Winkeln gefilmt bewegen konnte. Mittlerweile waren sie in urbanen Biotopen in jeder Nebenstraße anzutreffen, egal, ob zweibeinig, vierbeinig, achtbeinig oder mit Propeller, Drohnensysteme, deren Vorläufer die damals noch bestehende Bundesrepublik Deutschland von Boston Dynamics gekauft hatte. Doch hier war die nächstgelegene Antenne ungefähr bei der Bushaltestelle, locker fünfhundert Meter entfernt... dieser fast schon vergessene Zustand eines allgemeinen Handlungsspielraums veranlasste mich, vom Kriechen auf allen Vieren wieder zur Hocke überzugehen, und die letzten Meter zum Holzzaun noch zügiger zu absolvieren. Einmal unten durchgerobbt, versteckte ich mich hinter den Holzbalken des Komposthaufens, und musste kurzerhand meinen Mund zu halten, so faulig und vergammelt roch es. Igitt! Eine Straße aus Maden krabbelte und kroch unten aus dem Fußboden, oder direkt von oben heraus... Mir stieß es sauer auf. Bäh! Moment! War das? ALTER! Ne! Unfassbar! Nicht wirklich, ich würde gleich kotzen müssen:

- eine verwesende Hand lugte an der hinteren Ecke des Komposthaufens hervor. Nun ließ sich die Quelle des fäulnisartigen Leichengestanks ausmachen. Oh Gott! ... ich musste schnell weiter, wo genau steckte sie hier? Mein Handy verriet, dass der grün blinkende Punkt noch immer in dem Bereich hinter der Saunalaube war. Gebückt schlich ich mich zur Wand des Geräteschuppens. Wenn es hier KI-gestützte Überwachungssysteme gäbe, wäre mein Eindringen sicherlich schon bemerkt worden, mutmaßte ich. Zu dem von Fliegen umschwärmten Matschhaufen aus Pflanzen und Essensresten sowie scheinbar auch Leichenteilen blickend, begriff ich, dass es sich bei diesem Ort um einen rechtsfreien Raum handelte. An einem verrosteten E-Roller vorbei schlüpfend bewegte ich mich auf das Gebüsch und drei Apfelbäume zu. Nicht wahr! Da pflanzten sie hier ausgerechnet Heidelbeeren an, welche Ironie! Vor den Apfelbäumen kam dann noch, das Ganze begrenzend, ein zweiter Gebüschring um den Garten, diesmal aus dornigem Brombeergestrüpp. Die Augen schließend und am mich Zusammenreißen, stapfte ich durch die gebückte Lage bis zum Bauch in den Stacheln, zähneknirschend hindurch. Fast stolperte ich über eine Art Absperrband, etwa zwei Meter entfernt war ein kleines Pappschild mit der Aufschrift: „Hier endet Schmusezone!" Angeekelt ging ich auf die Baumgruppe zu, die sich dort aufhaltenden ineinander verschlungenen, und sich begrabbelnden Silhouetten hatten mein Auftauchen durch die auch hier verhältnismäßig laute Techno-Musik wohl noch nicht bemerkt. Lampions, Lichterketten und Laternen waren in die Äste gehängt, davor ein Schild mit der Aufschrift:

„Baum der Erkenntnis und verbotenen Früchte"

Ohne hinzusehen, ließ ich es so aussehen, als wäre ich hier auf dem Rasen pinkeln gewesen und würde nun betrunken zum Geschehen zurücktorkeln. An einem der Bäume angekommen, sah ich zum Boden und versuchte angestrengt, nicht dem mulmigen Gefühl und dem presslufthammerartigen Puls in der Brust zu erliegen. Wie konnte es so weit kommen? Da vorne war die Sauna... ich umklammerte mit schwitzigen Händen das aus Kunststoff bestehende Messer, welches ich einige Zeit früher einmal ausgedruckt hatte. Als ich wie in Zeitlupe loslief, rief auf einmal eine Stimme über mir:

„Hey! Hey du! Du bist ja immer noch angezogen, du Langweiler, die Party ist doch schon längst im Gange!"

Beim Umdrehen sah ich dann einen onanierenden Kerl oben in den Ästen sitzen. Er fragte belustigt:

„Was ist los, bist du schon fertig, oder was? Willst du nicht vielleicht auch noch meine Ehefrau ficken?"

Verstört sah ich zu dem anderen Baum, wo ein Kerl gerade eine gefesselte Dame begattete.

„Nein, danke... muss jetzt wirklich los!", antwortete ich, den Kopf wegdrehend. Schnell entfernte ich mich. Noch war sie nicht zu sehen, dies war der Moment, bevor mein Herz zerbrach... danach würde es die alte Welt endgültig nicht mehr geben, dann würde ich sie endgültig begraben müssen... Über dem Swimming-Pool war ein riesiges Leuchtschild mit einem blinkenden, leuchtenden Oktopus und dem Schriftzug des Marintims zu sehen. Das Ding stünde einem Casino- Schild in Vegas in nichts nach. Aufbauend auf meiner Trianglophobie, einer gesteigerten Aversion gegen jede Form von Dreiecken, hatte ich herausgefunden, dass sich auch Darstellungen von Kraken als okkulte Symbolik etabliert hatten. Er durfte in keinem Musikvideo von weltbekannten Popstars fehlen, war das Logo mehrerer umweltfreundlicher Bio-Produktmarken, und wurde von der Bedeutung her, in alle acht Himmelsrichtungen seine Arme strecken zu können, und der Möglichkeit, fast jede mögliche Farbe und Form chameleonartig anzunehmen, von der globalistischen Elite heftig verehrt. Daher konnte ich mir schon vorstellen, wer die Betreiber dieses Swingerclubs waren...

Unter dem blinkenden Schriftzug tobte eine ausgelassene Orgie, wie ich aus den Augenwinkeln sah. Unglaublich! Und ich durfte mich nicht mal unter vier Augen mit meinem besten Freund treffen! Das Interface, welches normalerweise Aufschluss über den Punktestand der umstehenden Personen verriet, zeigte mir diesmal einfach nur eine grau gestreifte Fläche an, einen menschenleeren Bereich, ohne die gewöhnliche Farbpalette und der für jeden anderen sichtbaren ID der Anwesenden. Die größte Verarsche war ja, uns weiterhin glauben zu lassen, unser Telefon würde uns überwachen, nachdem man uns, über Bluetooth direkt ansteuerbar, unsere

Krankenversicherung und Bankkonto in die Vene gejagt hatte. Naja. Wir hatten es euch ja gesagt, hatten versucht, aufzuklären über unsere *Verschwörungstheorien*... und doch wunderte ich mich, mein eigenes mittlerweile dunkeloranges Feld, was fast schon ins Rot überging, einmal nicht auf dem Bildschirm zu sehen war. Scheinbar war man hier wirklich in einem geschützten, von der Regierung unbeaufsichtigten Raum! Hervorragend! Dann konnte ich den dreckigen Spasti gleich hier auf der Stelle kastrieren! Sollte Leo sehen, dass ich für fortpflanzungsmedizinische Eingriffe doch noch etwas übrighatte! Wut kochte hoch und ich ging strammen Schrittes auf die mehr oder weniger besetzten Gartenmöbel vor der Saunalaube zu... immer noch keine Leonie? Dabei war sie doch laut der Tracking-App genau hier, in fünfzehn Metern Entfernung!? Ich schluckte, schluchzte und ging weiter. War sie das!? Nein. War sie das dort hinten? Puh, zum Glück auch nicht... Laut App müsste sie genau hier sein!!! Ich stand vor einem umgekippten Plastikstuhl und einem Tisch, auf dem massig Hochprozentiges und verschiedenste Spiegel herumstanden. Doch das Schicksal ersparte mir den Horror von was auch immer traumatisierenden Anblicken. Da war doch ihr Handy! Ach du kacke, nein, nicht wirklich! Auch auf ihrem Smartphone-Bildschirm waren dicke Koksnasen gestreut, eine war nur halb aufgeschnieft... Oh Gott, musste ich sie jetzt hier in dem Laden suchen? Traurige, beschämte Eifersucht und Mordlust rangen in meiner Rübe um die Oberhand. *Noch kannst du umdrehen, noch ist niemand gestorben, du wurdest noch nicht einmal bemerkt, Leon. Geh einfach nach Hause und erspare es dir, deine allerletzten Punkte zu verlieren. Willst du das denn wirklich sehen?*

Beim Gedanken, wie mich der Anblick jahrelang in einem Straflager quälen würde, hörte ich plötzlich etwas seitlich hinter mir: Eine an einem Sonnenschirm festgebundene, bisexuelle Frau, die von einem sklavisch dasitzenden Kerl mit einem Vibrator bearbeitet wurde, hatte sich kurz von dem lesbischen Cunningulus-Geschehen auf einem Liegestuhl abgewendet, um mich zu mustern.

„Hey, Honey! Was ist los? Bist du hier, um deine Chefin abzuholen? Die ist noch beschäftig, haha! Der wird in der Sauna der Hinterhof gemacht, hihihi! Oh ah, ja, mach weiter, ohohoo, mmmh... ja genau, richtig, genau so, *oh, ah , oh ah...oh aaaah...;*"

Ich legte ihr Handy wieder weg, auf dem neben dutzenden verpassten Anrufen von mir auch ein angenommener Anruf von einem gewissen Matthew zu sehen war. Soso. So hieß wohl der Typ, den ich heute absteche, um nach Sibirien oder ins Outback zu gehen... Ich ging um das Blockhäuschen herum, auf dem Rasen und auf der etwas weiter entfernten Tanzfläche immer wieder kopulierende Paare jedweden Geschlechts und sexueller Neigung sichtbar, jedoch keine von Leonie stammende

Anatomie dabei... Vor der Tür stand dann eine gestiefelte Frau in Latexklamotten, die mich sofort bemerkte, sich eine Schere von einem Tisch nahm und auf mich zu kam: „Das könnte dir so passen, hier einfach nur reinzuspazieren und fünf gegen Willi zu spielen, bei uns heißt's, wer austeilen will, muss auch einstecken können! Kleider aus!" Sie begann mit einer Bastelschere mein Hemd zu zerschneiden und mein Blick fiel kurz auf ihr wallendschwarzes Haar und ihren enormen, aus dem Korsett quellenden Busen. Dann sah sie meine vom Brombeerstrauch zerkratzen Arme und flüsterte kichernd:

„Ach, so einer bist du, na dann! Wart ab, ich peitsch dich solange aus, bis du mich anflehst, aufzuhören und wieder zum heißen Kerzenwachs überzugehen!"

„Nein, danke, dat... ist nichts für mich!", entgegnete ich verwirrt und wich ihren ersten Peitschenhieb aus. Als ich die Glastür öffnen wollte, erwischte mich der zweite Hieb mit brennenden Schmerzen quer über den Rücken.

„Autsch, aua, mein Gott, aufhören!", jammerte ich, und hielt meine Hand über den Kopf, während sie zum dritten Mal ausholte. Nur knapp entging ich dem knallenden Lederriemen, als ich in das dampfende Innere des Gebäudes stolperte. Es war fast nichts zu sehen, nur hier und da ragten Gliedmaßen, Rücken und Ärsche aus dem Nebel.

111

Mein Herz stellte sich kardiologisch betrachtet gerade auf einen Infarkt ein, so sehr schmerzte meine Brust. Egal, eine letzte Tat, ein letztes Wort gegen dieses Dreckssystem. Das Messer in der Hosentasche fest umklammernd, schritt ich auf die heißen Steine zu, aus denen ätherische Öle dampften, und dann leider doch, ich hatte sie endlich gefunden:

Nein. Nein. Nein. Das war nicht wahr. *Bitte lass es eine Verwechslung sein.* Bitte. Bitte nicht. Bitte nicht, nein! Nein, nein... nein! Nein. Nein? Nein! Oh nein! NEIN! Oh, meine Leo! Bitte nicht, warum? Wieso? Die Sicht verschwamm, ein Wasserfall aus Tränen lief über meine Wangen, die zusammen mit der salzigen Schweißflüssigkeit von meiner Nase herunter auf den Steinboden und die Bank tropften und zischend verdunsteten. Hier hörte man keine Musik, nur das unaufhörlich sich steigernde Gestöhne und Gekeuche eines einzigen Fleischsalats. Ein Klumpatsch aus ungefähr zehn, fünfzehn Leuten rammelte, fingerte und grabschte in alle Richtungen, ein einziges, vielarmiges und vielbeiniges und vielbrüstiges wie auch vielschwänziges Wesen, deren Augenpaare aus dem Gewühl herausstreckender Köpfe mich nach und nach registrierten, irritiert, angegeilt oder belustigt schauend. Ein oder zwei Leute richteten ihre Handykamera auf mich. Oh Gott, Da war sie. Mittendrin…

Das Messer rutschte mir aus der zitternden Hand, bevor ich endgültig in Tränen ausbrach und laut aufheulte.

„Was macht denn der Typ hier drin, ich kenne den gar nicht?"

„Guck mal, die Hete da! Hast wohl im Leben noch nicht so ne' Fickparty gesehen, was?" „Kennt den wer? Ich meine, haha, der hat sich das mit dem Partnertausch wohl anders vorgestellt, was?"

„Bist du wohl noch nicht bereit dafür, was?"

Mein Ankommen, und dass ich eine Hose trug, brachte einige Leute aus der Fassung und sie unterbrachen kurzfristig den Geschlechtsverkehr. Ein Kerl unterließ es, sich weiter an den Murmeln zu spielen, richtete seine Handykamera auf mich und fragte:

„Hey, was ist los mit dir? Bist du impotent oder was? Wir haben doch Viagra da, alter."

Ich wollte mich umdrehen, gehen, doch dann sprach der Mann, der seinen Dödel fast bis zum Anschlag in ihrem Anus stecken hatte:

„Sag bloß, du hast deine Alde gesucht? Eh, man, hier sind doch genug Frauen, und du willst ausgerechnet das schnöde stinknormale und ausgelutschte Loch deiner Freundin pimpern?"

Aus ihrer Perspektive konnte sie mich nicht sehen, außerdem schien man sie unter Drogen gesetzt zu haben, sie hatte sich flüchtig umgeschaut mit leeren Augen und stumpfen Blick, und begann wieder, den viel zu großen Schwanz eines Bodybuilders in den Mund zu nehmen. Er wandte sich an mich:

„Ach, komm, lass doch, Mat, schließlich hat sie doch noch ein anderes Loch, nicht wahr? Also für mich ginge das klar..."

Für ihn ginge das klar, ja. Sagt er mit dem Pimmel im Mund meiner großen Jugendliebe. Der andere Kerl rammelte weiter, und sah mich auffordernd an.

Nach meinem Messer tatschend, fiel mir wieder ein, dass es auf dem Boden lag, und ich stampfte wütend auf und zeigte ihnen den Stinkefinger. Dann spuckte ich dem Muskelprotz volle Kanne ins Gesicht. Sich meine Sabber abwischend, lachte er nur und begann Leonie durch die Haare zu streicheln. Ich machte sofort kehrt, und mich auf den Weg, um mich umzubringen. Plötzlich gingen mehrere Warnklingeln an. Dann rief eine Frauenstimme entsetzt:

„Scheiße, Leute! Der Typ ist ein Unregistrierter! Wie ist der denn hier hereingekommen?"

„Fuck, nicht dein Ernst!" „Ach du kacke! Ernsthaft?"

„Nicht wirklich!?"

„Scheiße, er wird auch angezeigt bei mir!"

„Bei mir auch! Oh nein, man!"

Zwei drei Leute, die ihre Telefone mit hier hereingenommen hatten, sahen entsetzt von ihrem Touchscreen zu mir. Die Menge zerstäubte sich, als ich durch ihr Treiben wieder zur Tür irrte. Angst und Abscheu standen ihnen ins Gesicht geschrieben, nach dem man mich als ohne medizinischen Nachweis gebrandmarkt hatte... einer zeigte auf mich und schimpfte:

„Deinetwegen fliegt die Party hier auf! Verpiss dich lieber schleunigst, und wehe du berührst mich, du Spast!"

Ein Ehepaar, dass eher das Ganze vom Rande her still beobachtet hatte, rückte seine Handtücher zurecht und sagten leise:

„Das ist mir zu heikel, Helga, komm wir fahren lieber schnell nach Hause! Wenn er ihn angespuckt hat, zählt das als Verdachtsfall auf schwere Körperverletzung, bald wimmelt es hier von Exekutivtechnologie."

Immer mehr Glieder erschlafften, immer mehr Stellungen lösten sich auf, der Typ mit dem Penis in meiner Exfreundin rief beschwichtigend:

„Leute, Leute... wir haben hier Narrenfreiheit, die Winfields kontrollieren doch noch das gesamte norddeutsche Mobilfunknetz. Wir sind hier unter uns, vergessen? Mit den sichersten Vortreffungen, die man im Bereich der Informatik haben kann. Also entspannt euch: Niemand wird je davon erfahren, dass hier jemand Unregistriertes war, versprochen. Dafür steh ich mit meinen Namen!"

Etwas anderes stand offensichtlich nicht mehr, und er zog seinen kleinen Schwengel aus Leonies Arschloch. Das war zu viel! Ich riss die Tür auf, wich der Domina aus, rannte diagonal an den Apfelbäumen auf die Gebüsche zu. Irritierte Blicke folgten mir, als nach mir mehrere Leute aus der Sauna eilten, und nackt oder nur mit Handtuch bekleidet in Richtung Ausgänge eilten. Ich stolperte und packte mich volle Kanne ab, und landete in den Brombeeren. Dort ließ ich auch mein bimmelndes und rot blinkendes Telefon liegen. In zwei drei Sätzen hüpfte ich weiter durch die Heidelbeeren und sprang mit Anlauf über den Zaun. Vom Swimmingpool aus schien schon der Sicherheitsdienst auf mich zu zurennen... Noch schneller war nur der Vater Staat. Aus der Richtung der Antenne bei der Bushaltestelle waren zwei glühendrote Augenpaare aufgetaucht, das eine hetzte über das Feld, das andere kam rasch aus der Luft auf mich zu. Bekloppt und sturköpfig wie ich war, rannte ich trotzdem weiter über das abgeerntete Maisfeld. Es dauerte nicht lange, dann hatte die Technik mich eingeholt. Von oben schoss eine Drohne mir eine Art Blendgranate vor die Füße, die auch direkt detonierte; - es schleuderte mich augenblicklich hin, und ich überschlug mich, fiel blind mit dem Gesicht auf den Acker. Der grelle, blendende Lichtblitz hatte mir die Netzhaut verbrannt, der Knall ließ nur ein lautes Dröhnen und Klingeln in meinem Gehörgang übrig. Die Druckwelle schmerzte im Brustkorb, kurz wusste ich nicht, wo oben und wo unten war. Auf allen Vieren kriechend, keuchte ich und versuchte weiter zu spurten. Beim Aufrichten dann spürte ich, wie irgendein Draht mir regelrecht ins Schienbein schnitt, und meine Beine fachgerecht automatisch verschnürte. Vor mir erschien langsam der Umriss eines zweibeinigen Roboters, ich schlug gegen sein metallenes Kniegelenk, was sehr schmerzte, dafür, dass es ihn so wenig beeindruckte, und er sich gleich wieder einpendelte. Er schoss mir den zweiten Betäubungspfeil nach dem ersten in meinem Rücken, und ich kippte vornüber...

Qualen nach Zahlen

Mit verschwitzten Fingern wischte Mr. Winfield auf seinem Handybildschirm hin und her, und führte zitternd sein kleckerndes Kognak-Glas an den Mund. Aus den Augenwinkeln sah er sie, über die Sessellehne geneigt, von Sexarbeiterinnen untenrum massiert, oder der Völlerei ergeben, die übrigen Gewinnspieler hier auf den Logenplätzen ließen es sich gut gehen. Er hatte Drogen, Blowjob, Kaviar und Champagner abgelehnt, musste er doch voll konzentriert sein... Über verschiedene Crypto-Wallets versuchte er nun doch noch im letzten Moment, Teilnehmer 123 in eine weniger günstige Ausgangslage zu bugsieren. Er musste irgendwie, irgendwie die Trends beeinflussen! Angestrengt starrte er über das Gelände auf das Spielfeld der Finalrunde: In einem ehemaligen Konzertsaal war auf der gigantischen Bühne ein schmaler, 9 x 9 Meter großer Aufbau, in dem sich insgesamt neun bienenwabenmäßige kleine Räume befanden. Ohne Verabreichen eines anästhetischen Pharmakons, welches die Schmerzwahrnehmung quasi ausschaltete, wäre der finale Inhalt des Unterhaltungsformats undenkbar gewesen.

>"#1,5 Literflasche Cola + Packung Menthos"<
- 68.000 Coins

Soeben hatte er die Eingangsposition von Leon verändert. Er wusste, dass Teilnehmer 123 im linken unteren Eck zu Bewusstsein kommen würde... wenn es jetzt nur noch möglich wäre, etwas unmittelbar Letales an die Stelle zu fügen...!

>"#Reizung der Schleimhäute mit Chlorreiniger"<
- 120.000 Coins

>"#Haare ausreißen trotz Sekundenkleber"<
- 65.000 Coins

>"#Wütende Wespen"<
- 90.000 Coins

>"#Zähne mit Eishockeyschläger rausschlagen"<
– 50.000 Coins

Das sollte die weniger anspruchsvollen Aufgaben aus dem Weg geräumt haben... er verprasste gerade alle Reserven, doch es nützte nichts – wenn dieser Käfermensch doch gewinnen würde, wäre alles aus. Es war einfach ein bisschen zu mutig, was der sich da getraut hatte! Unregistriert und bewaffnet aufzutauchen! Naja... Matthew nahm noch einmal einen großen Schwung Knete in die Hand, und versuchte weiter verzweifelt, das Programm zu beeinflussen:

>"#Musikknochen aufsägen"<
- 300.000 Coins

>"#Verbrennen mit Mikrowellen"<
+ 500.000 Coins

>"#Bad in Feuerquallenwanne"<
+ 450.000 Coins

Die anderen guckten schon. Tja, die konnten sich schon denken, was abging, Mr. Winfield jedoch ließ sich nicht beirren, und verkaufte richtiggehend Haus und Hof, seine Birne war knallrot, das Unverständnis der anderen darüber, es dem Teilnehmer, auf den er gesetzt hatte, es so schwer wie möglich zu machen, weckte den Argwohn in den runzligen und Zähne bleckenden Vampirgestalten, finster schauten sie aus ihren von Betonspritzen eingefrorenen Gesichtspartien auf ihn herab. Ihm neureichen Hanswurst würden sie es schon noch zeigen...

>"#1,5 Literflasche Cola + Packung Menthos"<
+ 1.600.000 Coins

Nicht wahr! Welcher der Drecksäcke war das nun wieder? Davon kotzt er sich doch allerhöchstens voll!

>"#Mit Sandwichtoastern als Schuhe laufen"<
+ 700.000 Coins

>"#Mit Sandwichtoastern als Schuhe laufen"<
+ 900.500 Coins

Mit diesen zwei Investitionen wollte er sofort gegenhalten... danach würde er wohl kaum noch den zweiten, geschweige den dritten Raum schaffen...

>"#1,5 Literflasche Cola + Packung Menthos"<
+ 1.000.000 Coins

>"#1,5 Literflasche Cola + Packung Menthos"<
+ 1.200.000 Coins

Verdammt, das durfte doch nicht wahr sein! Wenn er eine Stufe I Qual erhalten würde in der ersten Runde, wäre das mitunter sein Todesurteil! Ab dann stünde es Fifty-Fifty, ob er in die Mitte kommen würde...

>"#Amputation durch Hand in den Mixer"<
+ 5.000.000 Coins

>"#Gesäß ins Piranha-Becken"<
+ 3,500.000 Coins

>"#Bolzenschussgerät in Weichteile"<
+ 2.500.000 Coins

>"#Fließband mit Schleifpapier"<
+ 4,800.000 Coins

>"#Pyrotechnik-Standardpaket"<
+ 4,000.000 Coins

Mr. Winfields Finger glitten in Rekordzeit über den Touchscreen, er sah nervös auf zu dem misstrauisch dreinblickenden Börsenmogul, bei dem er in derKreide stand, und den er auch hier vor noch einmal um eine gewaltige Summe angepumpt hatte. Über seine Rechentabellen und Statistiken vertieft, musterte dieser beim Kalkulieren der Margen immer wieder den News Feed und sah ihn kopfschüttelnd an. Es musste so bescheuert und lächerlich anmuten, mitanzusehen, wie der kleine enterbte Mr. Winfield Junior da das bisschen verbliebene Geld seines bald krepierenden Vaters einfach zum Fenster herauswarf, es schlicht sinnlos verbrannte. Ein fettleibiger Kerl fraß schmatzend seinen Hähnchenschenkel auf, rülpste, wischte seine Hand auf dem Rücken eines Bediensteten an seiner Kleidung ab und begann auf sein Tablet einzuhacken... ein anderer auf dem Sofa, nach zwei, drei Rotweinkaraffen und mehreren Maßkrügen Bier ganz schläfrig geworden, ließ sich helfen, im Sitzen in einen überspritzenden metallenen Krug zu urinieren. Stöhnend, keuchend und sabbernd lehnte er sich zurück und begann mit offener Hose wegzudösen. Die Servicekraft machte sich mit leicht verzogenem Gesichtsausdruck und dem Krug von dannen.

>"1,5 Literflasche Cola + Packung Menthos"<
+ 1.000.000.000 Coins

ACHTUNG! SPIEL BEGINNT IN 29 SEKUNDEN

Waaaaaaaas zum? Die Runde ging in dreißig Sekunden los! Er musste ganz, ganz schnell zu Plan B übergegangen werden! War schließlich genau ihre Stimme, nicht zu unterscheiden, hehe... sollte sie ihm die Entscheidung doch ein wenig vereinfachen mit ein paar Ratschlägen direkt in seinen Kopf. Sein Handy zur Seite legend, sah er in die Kamera und nickte unmerklich...

Gespannt, wie es weitergeht? – Entschuldigung, aber selbst mir wäre diese Szene zu eklig zum Schreiben. Vielleicht folgt einmal eine Fortsetzung, gesetzt, mein Sozialkreditpunktekonto lässt meine Arbeit als Autor zu. – Wir sehen uns dann übermorgen, in der schönen neuen Welt! Denn für dieses globale Gefängnis sind keine Türen mehr vorgesehen. Bis dahin: Immer schön wachsam bleiben, auf die Umwelt und den Impfschutz achten und generell nie zu viel in Frage stellen! Also bis dann…

PS: Sagt nicht, euch hätte keiner gewarnt.

© 2024 Sebastian Raue
Verlag: BoD · Books on Demand GmbH,
In de Tarpen 42, 22848 Norderstedt
Druck: Libri Plureos GmbH, Friedensallee 273,
22763 Hamburg
ISBN: 978-3-7693-0010-9